साधु से सेवक

साधु से सेवक

मनजीत नेगी

प्रकाशक • **प्रभात प्रकाशन प्रा. लि.**
4/19 आसफ अली रोड,
नई दिल्ली–110002

संस्करण • 2021
मूल्य • दो सौ रुपए
मुद्रक • आर–टेक ऑफसेट प्रिंटर्स, दिल्ली

SADHU SE SEVAK *by* Shri Manjeet Negi ₹ 200.00
Published by Prabhat Prakashan Pvt. Ltd., 4/19 Asaf Ali Road, New Delhi-2
e-mail: prabhatbooks@gmail.com ISBN 978-93-90315-20-8

प्रस्तावना

वर्ष 2014 में श्री नरेंद्र मोदीजी के रूप में देश को प्रधानमंत्री के तौर पर एक ऐसे जननायक मिले, जिनकी दृष्टि में भावी भारत की स्पष्ट परिकल्पना थी। मोदीजी के नेतृत्व में केंद्र सरकार की बहुआयामी व सर्वस्पर्शी विकास की यात्रा निर्बाध रूप से आगे बढ़ रही है। 'सबका साथ, सबका विकास' के संकल्पों से जो यात्रा 2014 में उनके नेतृत्व में चली, उसे 2019 के आम चुनावों में 'सबका विश्वास' हासिल हुआ। इस परिणाम में मोदी सरकार के 'रिफॉर्म, ट्रांस्फॉर्म और परफॉर्म' पर जनता के अगाध भरोसे की छाप नजर आती है। मोदीजी की कार्यशैली को यदि देखें तो उनकी नीतियों में मानवीयता की दृष्टि है, सर्वसमाज के कल्याण की भावना है, नए भारत के निर्माण का संकल्प है, शासन में व्याप्त कुनीतियों को समाप्त करने की दृढ़ इच्छाशक्ति है तथा जनभागीदारी से श्रेष्ठ व सशक्त भारत बनाने की असीम परिकल्पना भी है।

प्रधानमंत्री मोदी की दृढ़ इच्छाशक्ति की बदौलत गत छह वर्षों का कालखंड इतिहास के पन्नों में दर्ज उन अनेक अहम पड़ावों का गवाह बना है, जो कभी अकल्पनीय लगते थे। इस कालखंड में देश ही नहीं बल्कि दुनिया ने स्वस्थ लोकतंत्र के रूप में भारत की बदलती राजनीति को देखा है। दशकों के इतिहास में मोदी सरकार ऐसी पहली सरकार सिद्ध हुई है, जिसकी नीति, नीयत और नेतृत्व, तीनों ने जनमानस पर अमिट छाप छोड़ने में सफलता हासिल की है।

'साधु से सेवक' पुस्तक हमें मोदीजी की युवावस्था के उन वर्षों में लेकर जाती है, जब युवा नरेंद्र सांसारिक मोहमाया से दूर हिमालय में साधु बनने की खोज में भटक रहा था। यह पुस्तक नरेंद्र मोदी के आध्यात्मिक

जीवन से जुड़े कुछ अनजाने पहलुओं को उजागर करती है, जहाँ से मिली प्रेरणा ने उनके व्यक्तित्व को हिमालय सा दृढ़ बनाया है।

'साधु से सेवक' पुस्तक हमें एक ऐसे अद्वितीय प्रतिभाशाली बालक की जीवंत कथा बताती है जो आदर्श और परिश्रमी माता-पिता के सद्संस्कारों और समाज व राष्ट्र के लिए समर्पण का संकल्प लेनेवाले वैचारिक अधिष्ठान की सीख के साथ राष्ट्र का समर्पित सेवक सिद्ध हुआ है। अभावों, संकटों और संघर्षों से निकला यह परिष्कृत व्यक्तित्व आज हम सबको दिशा दे रहा है और देश के मान-सम्मान को शीर्ष पर पहुँचा रहा है। विश्व के कोने-कोने में और भारत के जन-जन के मन में मौजूद देश के प्रधानमंत्री की साधु से सेवक की यह यात्रा गौरवपूर्ण है और प्रत्येक भारतीय को विस्मित करनेवाली है।

गुजरात के मुख्यमंत्री रहते हुए मोदीजी ने सदैव समस्त गुजरातवासियों के जीवन को बेहतर बनाने के प्रयास किए। उन्होंने वहाँ एक ऐसी सर्वस्पर्शी शासन व्यवस्था की रचना की, जो न केवल देश बल्कि दुनिया के लिए भी विकास का एक आदर्श मॉडल बन गई। इसी गुजरात मॉडल ने 2014 में तत्कालीन केंद्र सरकार की नीतिपंगुता और भ्रष्टाचार से त्रस्त हो रही देश की जनता को आकर्षित किया और जब देश ने मोदीजी को अवसर दिया, तब उन्होंने 'एक सौ तीस करोड़' देशवासियों की बात की।

प्रधानमंत्री मोदीजी के नेतृत्व की इस यात्रा को मैंने संगठन के साथ-साथ सरकार में भी एक सहयोगी के रूप में बेहद निकट से देखा है। मैं पूरे विश्वास के साथ यह कह सकता हूँ कि उनके नेतृत्व में देश ने कम समय में उन्नति और सशक्तिकरण की दिशा में एक लंबी दूरी तय की है और आज देश लगातार आगे बढ़ रहा है।

वडनगर, गुजरात के एक साहसी युवा ने जीवन की अथक साधना वाली जो विजय यात्रा भारत के दिव्य व भव्य तीर्थस्थलों और आध्यात्मिक सिद्धपीठों के सत्संग के साथ प्रारंभ की, वह कैसी रही, इस विषय में नई पीढ़ी को ज्ञान देने का कार्य पत्रकार मनजीत नेगी द्वारा लिखित यह पुस्तक

'साधु से सेवक' करेगी। नरेंद्र मोदीजी पर कई पुस्तकें आ चुकी हैं किंतु उनकी बाल्यावस्था और किशोर जीवन के संघर्ष के साथ साधक युवा मन का जीवंत चित्रण और आध्यात्मिक पक्ष इस पुस्तक में है। मैं भारत के यशस्वी प्रधानमंत्री के स्वस्थ, शतायु और यशस्वी होने की कामना के साथ पुस्तक और इसके लेखक-प्रकाशक को भी हार्दिक बधाई देता हूँ।

(अमित शाह)
केंद्रीय गृह मंत्री
भारत सरकार

शिक्षक दिवस, 2020

Phone PBX:
(033) 2654-9581/9681
FAX: (033) 2654-4346
email:mail@rkmm.org
Website: www.belurmath.org

RAMAKRISHNA MATH &
RAMAKRISHNA MISSION
(The Headquaters)
P.O. BELUR MATH, DIST. HOWRAH
WEST BANGAL:711202,
INDIA

संदेश

यह पुस्तक भारत के वर्तमान प्रधानमंत्री श्री नरेंद्र दामोदरदास मोदी के जीवन पर आधारित है। श्री मोदी के रामकृष्ण मठ एवं रामकृष्ण मिशन के साथ लंबे समय से रहे आध्यात्मिक संपर्क के कारण लेखक ने मुझसे इस पुस्तक के लिए एक संदेश का अनुरोध किया है।

अन्यान्य जानकारियों के अलावा इस पुस्तक में श्री मोदी का रामकृष्ण संघ से जुड़ाव तथा श्री रामकृष्ण माँ सारदा देवी और स्वामी विवेकानंद के आदर्शों से उनके संपर्क का उल्लेख भी हुआ है। रामकृष्ण संघ के संन्यासियों के संसर्ग में रहने के पीछे उनकी जन्मजात आध्यात्मिक प्रवृत्ति ही मुख्य कारण रही है।

इस पुस्तक की रचना में संलग्न व्यक्तियों के लिए विशेष रूप से तथा सामान्य रूपसे समस्त व्यक्तियों के लिए मैं ईश्वर से प्राचीन शास्त्रों की भाषा में प्रार्थना करता हूँ–

ॐ सर्वे भवन्तु सुखिनः सर्वे सन्तु निरामयाः।
सर्वे भद्राणि पश्यन्तु मा कश्चिद्दुःखभाग्भवेत्।
ॐ शान्तिः शान्तिः शान्तिः॥

ॐ सभी सुखी हों, सभी निरामय हों, सभी कल्याणकर दृश्य देखें, कोई प्राणी दुःखी न हो। ॐ शांतिः शांतिः शांतिः।

सभी के प्रति मेरी शुभकामनाएँ।

स्वामी स्मरणानन्द

(स्वामी स्मरणानंद)
अध्यक्ष

बेलूर मठ
9 मार्च, 2020

Hindu Dharma Achara Sabha

(The voice of collective consciousness)

आत्मस्वरूप मनजीत नेगीजी

मनुष्य जब जन्म लेता है तब वह दो चीजों का धनी होता है। जीवात्मा अपने कर्मफलों को लेकर आता है और साथ में पूर्वजन्मांतरों के संस्कारों का धनी होता है। व्यक्तित्व में अनुवांशिक विशेषताओं के साथ-साथ पूर्वजन्म संस्कारों की विशेषता, कभी-कभी सर्वप्रधान रहती है। प्रह्लादजी के जीवन में बाल्यावस्था से ही, पूर्व संस्कार ही प्रधान रूप में दिखने में आते हैं, ताकि असुरपुत्र होने पर भी भगवद् श्रद्धा एवं भगवद् भक्ति में उनकी निष्ठा अद्वितीय रूप से प्रकट होती है।

श्री नरेंद्र भाई मोदी भी कई विशिष्ट पूर्व पुण्य एवं पूर्व संस्कारों के धनी रहे हैं। पूज्य हीराबा के सभी संतानों में श्री नरेंद्र भाई बचपन से राष्ट्रप्रेम-राष्ट्र समर्पण एवं साधुता के संस्कार के धनी थे।

साधु शब्द के दो अर्थ हैं—

(१) "परकार्यम् साध्नोति इति साधुः। (२) स्वधर्म न परित्यजति इति साधुः॥"

(अर्थात्, (१) जो हमेशा दूसरों की सेवा/मदद करने में तत्पर हो और (२) जो हमेशा अपने कर्तव्य में निष्ठ हो।)

बचपन में श्री नरेंद्र भाई का सरहद पर जाने वाले सैनिकों की सेवा में वडनगर रेलवे स्टेशन पर पहुँच जाना, संघ की शाखाओं में भर्ती होना, हिमालय में जीवनध्येय की खोज में निकल पड़ना इत्यादि चेष्टाएँ बचपन से ही उनकी साधुता का दर्शन कराते हैं।

श्री नरेंद्र भाई पुण्य कर्मों के भी धनी हैं, ताकि संघ से भाजपा में और बाद में गुजरात के मुख्यमंत्री बने और आज भारत के यशस्वी प्रधानमंत्री के रूप में भारतमाता की सेवा में है।

पुण्यकर्म के साथ-साथ ये अति पुरुषार्थवादी है।

Hindu Dharma Achara Sabha

(The voice of collective consciousness)

सन्निष्ठ राष्ट्रभक्त, राष्ट्र समर्पण एवं अविरत पुरुषार्थ—यह उनका एक वाक्य में परिचय है।

श्री नरेंद्र भाई को कभी हमने थके हुए या सुस्त देखे ही नहीं। हमेशा वे स्वस्थ एवं उत्साहित रहते हैं तथा कभी निराशावाद का उनके जीवन में प्रवेश ही नहीं हुआ, हमेशा वे आशावादी ही होते हैं, चाहे कितनी मुश्किल परिस्थिति/समस्या हो, 'हम होंगे कामयाब' यही विश्वास के साथ जीते हैं। धर्मपरायणता एवं राष्ट्रनिष्ठा से भरे होने के कारण वे हमेशा निर्भीक होते हैं।

जो बालक बचपन से साधु था-सेवक था, वह आज भारत माता की सेवा के लिए सर्वोच्च स्थान पर है। श्री नरेंद्र भाई भारत माता के सन्निष्ठ एवं संवेदनशील, प्रधान सेवक के रूप में कार्य कर रहे हैं। हमें उनके प्रति गौरव एवं खुशी है। ऐसे सेवक के लिए बहुत प्रार्थनाएँ एवं आशीर्वाद।

श्री मनजीत नेगीजी पहाड़ों से जुड़े हुए हैं, उनकी हर सोच में हिमालय, गंगाजी, यमुनाजी तीर्थक्षेत्र एवं भगवान् बद्री केदारनाथ ही रहते हैं। इसी कारण पहाड़ों की महिमा, पहाड़ के उत्कृष्ट व्यक्तित्व एवं भगवान् की महिमा और भगवान् के भक्तों की महिमा के प्रति ज्यादा प्यार रखते हैं, उसी प्यार से प्रेरित होकर जब-जब उन्होंने श्री नरेंद्र भाई को नजदीक से देखा और विशेषत: केदारनाथ में नजदीक से देखा तब उनके प्रति भाव हुआ और यह पुस्तक लिखने का कार्य किया है।

हम श्री मनजीत नेगीजी को बहुत धन्यवाद एवं आशीर्वाद देते हैं। उनका हृदय भक्तिमय एवं शुद्ध बना रहे और ऐसे अच्छे कार्य करते रहे। वे हमेशा पहाड़ी लोगों की सेवा करते रहें, उनके प्रति हम आशान्वित हैं।

शुभाशीष

(स्वामी परमात्मानंद सरस्वती)

15/8/2019

: Chairman :
H.H. Swami Avadheshananda Giri Ji
(Junapeethadheeswar Acharya Mahamandaleshwar)
giri.swami@gmail.com +91-9720695571

: Patron :
H.H. Swami Gurusharanananda Ji
(Karshnee Peethadheeswar Acharya Mahamandaleshwar)

: Convener :
H.H. Swami Paramatmananda Saraswati Ji
(Arsha Vidya Mandir, Near University, Munjka, Rajkot-360 00
swamips108@gmail.com
+91-9898917776, +91-0281-2577774/6

: Founder Convener :
H.H. Swami Dayananda Saraswati Ji

SRI GANGADHARESWAR TRUST

27/06/2020

प्रिय मनजीत नेगी,

हमारे प्रधानमंत्री श्री नरेंद्र मोदी की जीवनयात्रा पर आपकी नई पुस्तक 'साधु से सेवक' के लिए शुभकामनाएँ। इस बात में कोई संदेह नहीं है कि महात्माओं के आशीर्वाद और अपने नेक कामों की बदौलत, अतुलनीय योग्यता, नेतृत्व क्षमता और इन सबसे ऊपर भारत देश एवं सनातन धर्म की सेवा करने के लिए अटल प्रतिबद्धता ने आज श्री नरेंद्र मोदी को विश्व का महान् नेता बनाया है।

मैं आपको शुभकामनाएँ देता हूँ,
कृते श्री गंगाधरेश्वर ट्रस्ट

चेयरमैन ऐंड मैनेजिंग ट्रस्टी

स्वामी सुधानंद सरस्वती
चेयरमैन
श्री गंगाधरेश्वर ट्रस्ट
अर्श विद्या पीठम, स्वामी दयानंद आश्रम, ऋषिकेश, उत्तराखंड

Swami Dayananda Ashram, Swami Dayananda Nagar, Muni Ki Reti-249137
RISHIKESH, (Tehri Garhwal) UTTARAKHAND | Phone (0135) 2430769, 2438769
e-mail: dayas1088@gmail.com, Website: www.dayananda.org

अपनी बात

मई 2019 में जब लोकसभा चुनाव चरम पर था, तब अचानक प्रधानमंत्री नरेंद्र मोदी बाबा केदार की गुफा में ध्यान लगाने चले गए। उसके बाद उन्होंने लोकसभा चुनाव में एक नया इतिहास रचा। प्रधानमंत्री नरेंद्र मोदी के बाद मुझे भी केदारनाथ की उस पौराणिक गुफा में ध्यान लगाने का मौका मिला। मोदी के बाबा केदार से इस अगाध प्रेम को जब मैं अध्यात्म के तराजू पर तौलता हूँ, तो कह सकता हूँ कि जिसके पास ज्ञान, बल, धन, यश सबकुछ होने के बाद भी वैराग्य है, वह सही मायने में साधु है। नरेंद्र मोदी प्रधानमंत्री के तौर पर अपने रहन-सहन, पहनावे विदेश यात्राओं और रोड-शो को लेकर खूब चर्चा में रहते हैं, लेकिन इन सबके बावजूद वे मन-कर्म-वचन से साधु के तौर पर ही देशसेवा कर रहे हैं। केदारनाथ की बर्फीली कंदरा में महा ध्यान करने के बाद जब मैंने पी.एम. मोदी से पूछा कि आपने बाबा केदार से क्या माँगा तो इस पर मोदी ने कहा कि "मैं जब भगवान् के चरणों में आता हूँ तो कभी कुछ माँगता नहीं हूँ। माँगने की प्रवृत्ति से मैं सहमत भी नहीं हूँ, क्योंकि भगवान् ने आपको माँगने नहीं, देने योग्य बनाया है।"

नरेंद्र मोदी 'साधु से सेवक' पुस्तक लिखने की शुरुआत दिसंबर 2012 में हुई, जब नरेंद्र मोदी ने मुख्यमंत्री के तौर पर गुजरात विधानसभा का आखिरी चुनाव लड़ा था। उस दौरान मैंने एक महीने गुजरात में रहकर चुनाव की रिपोर्टिंग की। रिपोर्टिंग के दौरान इंडिया टी.वी. के लिए नरेंद्र मोदी के जीवन पर एक डॉक्यूमेंट्री बनाने के लिए मैं एक सप्ताह मोदी के गाँव वडनगर

में रुका। इस दौरान मोदी के परिवार, उनके दोस्तों और सगे-संबंधियों से मिलने का मौका मिला। नरेंद्र मोदी के जीवन से जुड़े कई अनसुने किस्से सुनने को मिले और ऐसी कई चीजें देखने को मिलीं, जिनका मोदी से गहरा संबंध था। नरेंद्र मोदी के गृहनगर वडनगर में मौजूद 'कीर्ति तोरण' से मोदी को खास लगाव है। कहते हैं कि 2001 के गुजरात भूकंप में मोदी ने अपने बड़े भाई सोमाभाई मोदी से सबसे पहले यही पूछा कि कीर्ति तोरण गिरा तो नहीं। उनके घरवालों को आज भी इस बात का मलाल है कि मोदी ने उनका हाल-चाल नहीं पूछा, बल्कि कीर्ति तोरण के बारे में पूछा था। यह घटना मोदी के वैराग्य को दिखाती है।

केदारनाथ आपदा के दौरान और उसके बाद मोदीजी का केदारनाथ जाने का सिलसिला शुरू हुआ। प्रधानमंत्री बनने के बाद जब मोदी पहली बार केदारनाथ पहुँचे, तब मैं भी रिपोर्टिंग के लिए वहाँ मौजूद था। बाबा केदार के प्रति मोदी की आस्था का कोई सानी नहीं था। उसके बाद तो मोदी ने केदारनाथ पुनर्निर्माण का जिम्मा अपने कंधों पर उठा लिया। अक्तूबर 2017 में केदारनाथ के कपाट बंद होने के मौके पर जब मोदीजी केदारनाथ में लोगों को संबोधित कर रहे थे तो मैंने उनकी आँखों में एक अलग चमक देखी। ऐसा लग रहा था कि वे आज बाबा केदार का कोई कर्ज उतारने आए हैं और खुले दिल से केदारनाथ धाम का पुनर्निर्माण करना चाहते हैं।

नरेंद्र मोदी—'साधु से सेवक' पुस्तक मोदी के युवा अवस्था के उन दो वर्षों की कहानी है, जब युवा नरेंद्र सांसारिक मोहमाया से दूर हिमालय में साधु बनने की खोज में भटक रहे थे। कोलकाता में रामकृष्ण मिशन के बेलूर मठ से होते हुए ऋषिकेश के दयानंद आश्रम और फिर बाबा केदार की शरण में जाकर नरेंद्र मोदी की जिज्ञासा शांत हुई। जब संन्यास लेने के लिए नरेंद्र शायद पहली बार 1966 में बेलूर मठ आए थे। उस समय रामकृष्ण मठ और मिशन के महासचिव स्वामी माधवानंद थे। तब स्वामी माधवानंद ने उनसे कहा था, 'बच्चा, पढ़ाई करो'। कुछ साल बाद जब

नरेंद्र मोदी किसी कॉलेज में आगे की पढ़ाई के लिए राजकोट आए, तो उस समय राजकोट केंद्र के प्रमुख स्वामी आत्मस्थानानंदजी थे। तब नरेंद्र मोदी स्वामी आत्मस्थानानंदजी के संपर्क में आए। कॉलेज में अवकाश के दिनों में वे राजकोट के रामकृष्ण आश्रम आया करते थे। जब छुट्टियों के दिनों में छात्र वहाँ नहीं होते थे, तब नरेंद्र मोदी वहाँ आते और छात्रावास में ठहरते थे। वे अकसर ठहरने के लिए आश्रम आया करते थे, इस प्रकार स्वामी आत्मस्थानानंदजी और नरेंद्र मोदी के बीच मजबूत संबंध बन गए। इसी तरह ऋषिकेश के स्वामी दयानंद गिरि से मोदी का पुराना रिश्ता था। मोदी के गुरु ने हर मुश्किल वक्त में उनका मार्गदर्शन किया। माना जाता है कि स्वामी दयानंद का मोदी के जीवन पर गहरा प्रभाव है। स्वामी दयानंदजी के कहने पर ही दाढ़ी रखना शुरू किया। प्रचारक जीवन में मोदी जब ऋषिकेश आए और 1981 में स्वामीजी से जुड़ गए, तब से स्वामीजी के मार्गदर्शन में सेवा-स्वच्छता को अपने जीवन में आत्मसात् किया। कोरोना महामारी के दौरान जिस तरह से प्रधानमंत्री मोदी ने देश का नेतृत्व सँभाला, उसी तरह चीन से मिल रही चुनौती से निपटना उनके पुरुषार्थ का परिचायक होगी। मेरी कोशिश है कि इस पुस्तक के माध्यम से मैं नरेंद्र मोदी के आध्यात्मिक जीवन से जुड़े अनसुने पहलुओं को उजागर कर पाऊँ और पूर्ण विश्वास है कि पाठकों का भरपूर सहयोग प्राप्त होगा।

मेरी यह पुस्तक बाबा केदारनाथ और माता-पिता के आशीर्वाद के बिना पूरी नहीं हो सकती थी। पत्नी चेतना और बेटी सारा के जिक्र के बिना भी मेरी यह पुस्तक अधूरी है। इस यात्रा में कई मित्रों और वरिष्ठ जनों का सहयोग मिला, जिसमें श्री सूर्य प्रकाश सेमवालजी, प्रधानमंत्री नरेंद्र मोदी के सलाहकार श्री भास्कर खुल्बेजी का हार्दिक आभार व्यक्त करना चाहता हूँ।

जब मैंने प्रधानमंत्री नरेंद्र मोदी को अपनी पुस्तक 'साधु से सेवक' भेंट की तो इस दौरान पुरानी स्मृतियों को याद करते हुए उन्होंने देवभूमि उत्तराखंड से अपने आत्मीय जुड़ाव और जीवन की प्रारंभिक यात्रा के कई बिंदुओं पर

प्रकाश डाला। देवभूमि के उन दिव्य और भव्य मनोरम स्थलों को याद करते हुए प्रधानमंत्री नरेंद्र मोदी ने कुछ विशेष और उन्हें सदैव आकर्षित करनेवाले कई आध्यात्मिक स्थलों का जिक्र किया। अपने आध्यात्मिक गुरु दयानंद सरस्वतीजी को खासतौर पर याद करके मोदी भावुक दिखाई पड़े।

—मनजीत नेगी

नई दिल्ली

अनुक्रम

अध्याय 1

वडनगर का साहसी युवा

वडनगर का साहसी युवा

उत्तिष्ठत् जाग्रत् प्राप्य वरान्निबोधत।
क्षुरस्य धारा निशिता दुरत्यया दुर्गं पथस्तत्कवयो वदन्ति॥

(**अर्थात्**—उठो, जागो, और जानकार श्रेष्ठ पुरुषों के सान्निध्य में ज्ञान प्राप्त करो। विद्वान् मनीषीजनों का कहना है कि ज्ञान प्राप्ति का मार्ग उसी प्रकार दुर्गम है, जिस प्रकार छुरे की पैनी की हुई धार पर चलना।)

यह वाक्य उस व्यक्ति पर सौ टके खरा उतरता दिखाई पड़ता है, जो आज न केवल इस देश के अंदर, बल्कि वैश्विक मंच पर अपनी करिश्माई छवि और कार्य-शैली के बल पर खूब चर्चा में है, वह नाम है—नरेंद्र मोदी। एक गरीब मध्यमवर्गीय परिवार में अभावों और संकटों के थपेड़ों से जूझते हुए जो न निराश हुआ, न टूटा, न अवसाद में गया, बल्कि अपने अदम्य साहस, रात-दिन की मेहनत और असाधारण तपस्या के बल पर जिसने जिंदगी के प्रचलित रूढ़ मुहावरों को धता बताकर नए कीर्तिमान स्थापित किए और आगे भी यह क्रम रुकने वाला नहीं लगता।

नरेंद्र के बाल्यकाल की कहानी दुनिया से जुदा इस मायने में है कि उन्होंने संकटों, ठोकरों और वैषम्य के चक्रव्यूह को भेदकर अपनी एक नई कहानी गढ़ी, जो सारे जमाने को अपनी सी लगती है और जिसके सार्थक होने को हरेक अपना सौभाग्य मानेगा। नरेंद्र का जन्म आजाद भारत की खुली हवा

में 17 सितंबर, 1950 को तत्कालीन बंबई राज्य के मेहसाणा स्थित मंदिरों और तालाबों के लिए विख्यात वडनगर में चाय विक्रेता दामोदर मूलचंद मोदी और हीराबेन के घर हुआ। छह भाई बहनों में नरेंद्र तीसरे नंबर के हैं। बड़े भाइयों में—सोमाभाई व अमृतभाई, उनके बाद चौथे नंबर पर वसंती बहिन, फिर दो छोटे भाई—प्रह्लादभाई व पंकजभाई के साथ एक पूरा हँसता-खेलता परिवार था, लेकिन आर्थिक हालात बहुत ही कमजोर थे। वडनगर रेलवे स्टेशन के सामने पिता दामोदर मोदी की चाय की दुकान थी। समय बीता, लेकिन बढ़ती जरूरतों के अनुपात में आर्थिक स्थिति में कोई सुधार नहीं हुआ, घर में रोजी-रोटी, राशन-पानी, लत्ता-कपड़ा कैसे चलता होगा, यह तो पिता दामोदर और माँ हीराबेन को ही मालूम होगा, जिन बेचारों को हर दिन खपना पड़ता होगा और दिन-रात एक करके खून-पसीना बहाकर थोड़ा-बहुत जुटाने में कामयाबी मिलती होगी, बेशक दोनों ने कभी अपने अभाव, संकट और लाचारी की शिकन अपने चेहरे पर नहीं आने दी, गरीबी के चलते बच्चों के लिए अपेक्षित सुविधा न जुटा पाने की कचोट दोनों को जरूर रही होगी, लेकिन अपने बच्चों के सामने इस मजबूरी को कभी प्रकट नहीं किया···बच्चों को सच्चाई, कर्तव्यपालन, अतिथि-सत्कार, परमात्मा पर विश्वास और बड़ा लक्ष्य पाने के श्रेष्ठ संस्कार दिए। शायद यही कारण था कि अभाव और संकट के चलते बच्चे भले उच्च और गुणवत्तापूर्ण शिक्षा न ले पाए हों, लेकिन संस्कार, सच्चाई, सत्कर्म की सीख और ईश्वर पर अडिग भरोसा माता-पिता ने बच्चों को विरासत में दिया।

निस्संदेह धनाभाव में भारत के सुदूर गाँव में मध्यमवर्गीय परिवार में जो बदहाली के कारुणिक दृश्य नजर आते हैं, वैसी ही पीड़ा दामोदर मोदी के परिवार ने भी झेली होगी। अबोध बालक नरेंद्र सिर्फ छह साल के थे, बाकी भाई-बहन तो अपने खेल-खिलौनों में मस्त रहते, लेकिन माता-पिता की सीख और संस्कारों को जीवन के संकल्प की गठरी के साथ मजबूती से बाँधे वहाँ तो न जाने दिमाग में क्या-क्या चलता होगा, किसी को कल्पना तक

नहीं थी। माँ हीराबेन को घर में बिजली न होने, गैस का चूल्हा न होने और पानी का नल न होने से कितना जूझना पड़ता होगा, सारे दिन घर-बाहर और खेत-खलिहान का काम निपटाकर माँ जब घर आती, इतने बड़े परिवार के लिए खाना-पीना होता तो धुएँ वाली अँगीठी से सामना होता। नरेंद्र की यह खूबी थी कि सारे दिन स्कूल और दुकान से थके होने के बाद भी पिताजी और माँ के हर काम में हाथ बँटाते थे, माँ के साथ बरतन धोते, छोटा-मोटा सारा काम निपटाते और जब कभी माँ बीमार होती तो सबके लिए खाना बनाने की पहल करते थे, खाने के लिए पानी के साथ कपड़े धोने आदि के लिए दूर तालाब स्वेच्छा से माँ के साथ जाते थे। माँ की इस पीड़ा को नन्हे मन ने भी अनुभव किया, लेकिन किया क्या जा सकता था, शायद इन सब परेशानियों और प्रतिकूलताओं से लड़ने का मन बनाया होगा, जिस कारण नरेंद्र का बचपन अन्य सामान्य बच्चों की तरह न होकर एकदम अलग व विशेष ही था।

वडनगर में नरेंद्र का घर बहुत ही छोटा था। ईंट और मिट्टी से बना

40 फीट लंबा और 12 फीट चौड़ा मकान। घर में न टॉयलेट की सुविधा थी और न बाथरूम ही था। घर में गायें थीं, जिनकी सेवा में नरेंद्र को बहुत आनंद की अनुभूति होती थी। माँ हीराबेन को थोड़ा-बहुत आयुर्वेद की दवाओं की जानकारी थी, नजदीक के गाँवों के लोग उनके घर पर दवा लेने आते तो नरेंद्र को माँ के द्वारा अलग-अलग बनाई औषधियों, उनकी मात्रा और सेवन किस तरह करना है, उसका भी ज्ञान था, जहाँ ज्यादा लोगों से मुलाकात और संवाद हो, उस काम में नरेंद्र को आनंद आता था। गाँव में मौजूद एकमात्र तालाब में ही नरेंद्र के घरवाले नहाते। बचपन में इसी तालाब में बालक नरेंद्र ने तैरना सीखा। हर चीज में गहराई से जुड़ने और श्रेष्ठ करने के इरादे के चलते नरेंद्र धीरे-धीरे गाँव के सबसे बढ़िया तैराक बन गए। स्कूल ही क्या, पूरे गाँव में भी किसी की बेंच नहीं होती थी, जमीन पर बैठकर ही बच्चे पढ़ते थे, स्लेट पर लिखते थे। घर से स्कूल और स्कूल से ही नजदीक पिताजी की चाय की दुकान पर आते-जाते। किताबों से बहुत प्यार था, पुस्तकालय में किताब पढ़ने के लिए भी हर दिन समय निकालना दिनचर्या का अभिन्न हिस्सा था, शिक्षकों को आश्चर्य होता था, तो साथी 'विद्वान्-विद्वान्' कहकर चिढ़ाते होंगे।

नरेंद्र एक साधारण विद्यार्थी थे, लेकिन हाजिरजवाबी, प्रश्न खड़े करने, तर्कपूर्ण बात रखने और वाक्कला में माहिर थे, उनमें गजब का आत्मविश्वास था। विद्यालय में जब भी कोई सांस्कृतिक कार्यक्रम आयोजित होता तो वे उत्साह से भाषण और वाद-विवाद में भाग लेते और पुरस्कार भी पाते··· अनुशासन और सेवाभाव उनमें कूट-कूटकर भरा था। 12 साल की उम्र तक नरेंद्र की यही दिनचर्या रही, उसमें कोई बड़ा अंतर नहीं आया। सुबह घर से स्कूल, स्कूल से चाय की दुकान और दुकान से थककर घर जाते थे। गाँव में केरोसिन के तेलवाला लैंप जलाकर पढ़ते थे और फिर भाई-बहनों के साथ सो जाते थे। गाँव की जटिल व संघर्षपूर्ण जिंदगी और पिताजी की चाय की दुकान पर मुख्य तौर पर तो बड़े भाई की जिम्मेदारी थी, लेकिन आसपास की दुकानों के साथ स्टेशन और रेल के अंदर लोगों को चाय पहुँचाने की ड्यूटी छोटे भाई नरेंद्र के ही हिस्से इसलिए भी आ गई कि बड़े भाई को अपने लाड़ले छोटे भाई की कुशाग्र बुद्धि के साथ काम के प्रति लगन और लोगों से बात-व्यवहार की कला के बारे में अच्छी प्रकार से पता था।

पिता दामोदरजी की चाय की इस दुकान पर सुबह-शाम औसतन कम-से-कम 30-35 लोग चाय पीने आते थे। जो भी स्टेशन पर ट्रेन से उतरता या ट्रेन पकड़ने के लिए स्टेशन पर जाता—पहले इस चाय की दुकान पर जरूर आ जाता। चाय की चुस्कियों के साथ लोग दैनिक चर्चाएँ, घर-पड़ोस की चुटकियों के साथ सियासत की भी बातें करते। विशेषकर राष्ट्रीय स्वयंसेवक संघ के स्वयंसेवक जब दैनिक शाखा के लिए आते, तो शाखा से पहले और शाखा लगाने के बाद समाज, धर्म, अध्यात्म और राजनीतिक मुद्दों पर चर्चा-परिचर्चा करते तो बालक नरेंद्र को मानो उनके एक-एक शब्द जादू की तरह आकर्षित करते और वह सारी सुध-बुध खोकर एकटक उनके एक-एक शब्द को ग्रहण करता, उनको दोहराता और मन-ही-मन आनंद पाता। पिता ने जीविका पालन के लिए चाय की जो दुकान खोली और जिस पर नरेंद्र को चाय बेचने के काम में लगाया, उसी चाय की दुकान

ने एक सात्त्विक मन और बुद्धि वाले बालक को समाज और राष्ट्र की सेवा के भाव से ओतप्रोत किया। नरेंद्र पर राष्ट्रीय स्वयंसेवक संघ का रंग यहीं से चढ़ा था और इसके साथ ही वे बाल स्वयंसेवक बन गए। बालक नरेंद्र के जन्म से 6 साल पहले 1944 में ही वडनगर में संघ की शाखा प्रारंभ हो चुकी थी।

प्राथमिक विद्यालय के शिक्षक बाबूभाई नायक ने वडनगर में संघ शाखा का श्रीगणेश किया था, तभी से दामोदरदासजी की इस चाय की दुकान पर चाय पीनेवालों में संघ की शाखा से जुड़े हुए स्वयंसेवक आते-जाते रहते थे। बाल, तरुण और युवा शाखा से जुड़ने को उत्सुक रहते थे। नरेंद्र भी शाखा में नियमित जाने लगे, स्थानीय शाखा के संचालक हिंदी शिक्षक चंद्रकांत दवे ने अद्‌भुत प्रतिभा के धनी नरेंद्र की हाजिर-जवाबी से प्रभावित होकर आठ साल के नरेंद्र को बाल स्वयंसेवक रूप में संघ की शाखा से जोड़ दिया। दैनिक शाखा में प्रतिदिन—'नमस्ते सदावत्सले मातृभूमे, त्वया हिन्दूभूमे सुखं वर्धितोऽहम'··· प्रार्थना गाते हुए और दर्जनों संस्कार गीत गाने के साथ दंड, नियुद्ध जैसे शारीरिक कौशल के अद्‌भुत कारनामे शरीर को स्वस्थ और मन को आनंद देने लगे। इसके साथ ही देश की सनातन संस्कृति और परंपरा की सीख के साथ वीर महापुरुषों के पराक्रम भरे जीवनचरित बौद्धिक विकास को बढ़ाने में कारगर सिद्ध हुए।

शाखा के संचालक या मुख्य शिक्षक ऐसे स्वयंसेवकों को अपना दायित्व हस्तांतरित करने में देरी नहीं लगाते, फिर स्वयंसेवक चाहे प्रौढ़ हो, युवा या बाल स्वयंसेवक। इसके पश्चात् संघ की गतिविधियों के क्रम में एक बार जब प्रांत प्रचारक लक्ष्मणराव इनामदारजी, जिन्हें वकील साहब नाम से ख्याति प्राप्त थी, उन्होंने नरेंद्र को देखा, परखा, बातचीत की, फिर कई बार नरेंद्र से मिलने आए तो विशेष सान्निध्य व स्नेह देना शुरू किया। कुछ दिन बाद ही सभी स्वयंसेवकों को पता चल गया कि वकील साहब जैसे जौहरी ने जिस हीरे की परख की थी, वह शायद उनकी नजर में खरा उतर रहा था

और एक पारखी के लिए भी इससे बड़े सौभाग्य की बात और कुछ नहीं हो सकती कि उसके द्वारा खोजा और गढ़ा गया रत्न अपनी छाप छोड़ने में कामयाब हो जाए।

नरेंद्र वकील साहब की हर उम्मीद, आस और अपेक्षा पर खरे उतरते दिखाई दिए—इतनी कम आयु में समाज और देश के प्रति सोचने का इतना बड़ा जज्बा, संघ कार्य निष्पादन के लिए इतनी लगन और उत्साह सबकुछ मानो अद्‌भुत और असामान्य ही तो था। संघ स्थान पर ध्वज किस तरह स्थापित करना है, प्रार्थना के पश्चात् ध्वज किस प्रकार उतारना है, उसको किस तरह रखना है। शाखा स्थान पर किस तरह अनुशासित और गंभीर रहना है, यह जिस बालक नरेंद्र से अपेक्षा होनी थी, यह सब वह अन्य बाल स्वयंसेवकों को सिखाते दिखते। नरेंद्र में एक समर्पित कार्यकर्ता और जोड़ने की कला में निपुणता का अद्‌भुत गुण देखकर संघ के शीर्ष अधिकारियों ने नरेंद्र के जिम्मे बाल स्वयंसेवकों को प्रशिक्षित करने की बड़ी जिम्मेदारी सौंप दी। प्रतिदिन स्वयं संघ स्थान पर पहुँचकर समाज और देश के लिए कुछ करने के संस्कारों की प्रतिबद्धता ने स्वयंसेवक नरेंद्र का यह संकल्प भी सुदृढ़ कर दिया कि यदि यह अनमोल जीवन मिला है तो इसे केवल अपने

लिए न जीकर समाज और राष्ट्र के लिए समर्पित करना ही देश के एक जिम्मेदार नागरिक का परम कर्तव्य है। नरेंद्र की आयु कम थी और घर में माता-पिता तथा बड़े भाई द्वारा दिए गए काम में कभी कोई कोताही और आलस नहीं किया, जिस कारण घरवाले संघ कार्य के लिए मना भी नहीं करते थे, लेकिन हर साल दीवाली और ऐसे ही बड़े त्योहार बालक नरेंद्र जब संघ शाखा में ही मनाते तो घरवाले बेहद मायूस हो जाते थे।

संघ की शाखा ने किशोरावस्था के प्रवेश के प्रथम सोपान पर ही नरेंद्र के व्यक्तित्व में निखार और उनके गुणों में व्यापक विस्तार किया। साहस और धैर्य तो मानो उनको बाल्यकाल से ही दैवीय उपहार के रूप में प्राप्त थे। 12 साल के नरेंद्र कितने साहसी और निडर थे, इसका एक दिलचस्प किस्सा है। यह किस्सा वडनगर के विशेष तालाब से जुड़ा है। तालाब में मगरमच्छ रहते थे, लेकिन गाँववाले इसी तालाब में नहाने आते। तालाब के बीचोबीच एक मंदिर था, यह मंदिर आज भी विद्यमान है। इस मंदिर के ऊपर निरंतर भगवाध्वज लहराता रहता। कुछ दिन बाद मंदिर के ऊपर के उस झंडे को बदलना पड़ता था। एक बार बरसात के मौसम में तालाब लबालब भरा था।

मगरमच्छ तालाब के किनारे तक आ गए थे, लेकिन मंदिर का भगवाध्वज भी बदलना बहुत जरूरी था। गाँव के बाकी लोग जब तक कुछ सोचते बारह साल के निडर और साहसी नरेंद्र तालाब में भगवाध्वज हाथ में लिये कूद गए। पीछे-पीछे नरेंद्र के दो साथी—महेंद्र और बच्चू भी कूद गए। गाँववाले बेहद डरे हुए थे। तालाब के बाहर ढोल पीटने लगे, ताकि मगरमच्छ इनके पास न आएँ। अपने इरादे के प्रति अटल और आध्यात्मिक शक्ति के प्रति असीम भक्तिभाव रखनेवाले नरेंद्र ने मंदिर का ध्वज बदलकर ही दम लिया। उस दिन गाँव के बच्चे-बूढ़ों तक सबको नरेंद्र के सबसे विशेष होने का प्रमाण मिल गया, फिर वे सबके चहेते बन गए, गाँव की माँएँ अपने बच्चों को नरेंद्र जैसा बहुमुखी बनने की सीख देने लगीं।

इसी तरह का एक और दिलचस्प किस्सा इसी तालाब से जुड़ा है। एक दिन दोस्तों के साथ 12 साल के नरेंद्र तालाब में तैर रहे थे, तभी मगरमच्छ का एक बच्चा दिखा, बाकी बच्चे भय के मारे तालाब से बाहर भाग गए, लेकिन दृढ़ संकल्पी और साहसी नरेंद्र को इस मगरमच्छ से डर नहीं लगा, बल्कि इसको नजदीक से देखने की बाल-उत्सुकता जागी और नरेंद्र ने उसे दबोच लिया। पकड़कर घर ले आए। माँ हीराबेन ने देखा तो अवाक् रह गईं। माँ बेटे का साहस और निडरता देखकर मन-ही-मन आनंदित तो हुई, लेकिन साथ ही बाल स्वभाव को समझते हुए माँ ने केवल इतना कहा कि बेटे, छोटे बच्चे को माँ से अलग करना क्या तुम्हें अच्छा लग रहा है, यदि कोई तुमको तुम्हारी माँ से अलग कर दे तो तुम पर क्या गुजरेगी, तुम्हें यह सोचना चाहिए। माँ रूपी प्रथम गुरु से यह सीख लेकर नरेंद्र ने मगरमच्छ के उस बच्चे को तुरंत उसी तालाब में वापस छोड़ दिया, जहाँ से वे उसको लेकर आए थे। ये नरेंद्र के वे कारनामे हैं, जिनसे उनके मनोभावों का प्रकटीकरण होता है। उनके मनोभावों से जुड़ा एक और मामला वडनगर के वीरता के प्रतीक द्वार—ऐतिहासिक कीर्ति तोरण का है, जो उनके मन में बाल्यकाल से रचा-बसा था। गृहनगर वडनगर में मौजूद कीर्ति तोरण (द्वार) से नरेंद्र को

खास लगाव है। बताते हैं कि 2001 के गुजरात भूकंप में तत्कालीन मुख्यमंत्री नरेंद्र मोदी ने अपने बड़े भाई सोमाभाई मोदी से सबसे पहले यही पूछा कि कीर्ति तोरण गिरा तो नहीं।

विद्यालय में भी न केवल प्रतिभा से, बल्कि परिश्रमी वृत्ति, सपाटबयानी और चातुर्य से कुछ भी कर लेने के इरादे के लिए नरेंद्र सब दोस्तों के बीच अतिप्रिय थे। वडनगर में डॉक्टरी कर रहे उनके बचपन के दोस्त डॉ. सुधीर जोशी कहते हैं—"नरेंद्र भाई स्कूल में भी किसी से नहीं डरते थे। दोस्त उन्हें एन.डी. या फिर नरेंद्र भाई कहकर बुलाते। उनके बचपन के एक दोस्त जसूद खान पठान हैं। जो पहली कक्षा से लेकर ग्यारहवीं तक अपने साथी नरेंद्र के साथ पढ़े। एक साथ बैठते, एक साथ स्कूल जाते।" वडनगर के भागवताचार्य नारायाणाचार्य हाईस्कूल, जिसे बी.एन. हाईस्कूल कहा जाता है, में ही नरेंद्र दसवीं कक्षा तक पढ़े। उनके बचपन के दोस्त हरीश पटेल कहते हैं कि नरेंद्र भाई अंग्रेजी और सामाजिक विज्ञान में बहुत अच्छे थे। स्कूल में होने वाले नाटकों में नरेंद्र को मंत्री का रोल करना सबसे अच्छा लगता था। पिता दामोदरदास और हीराबेन भी सब ओर से हर क्षेत्र में अपने दुलारे की उपलब्धियों पर गर्व से सारे अभावों और संकटों को भूल जाते। माता-पिता को नरेंद्र से बस एक ही शिकायत रहती कि आयु से पहले ही खेलने-कूदने की जगह गंभीरता और समाज व देश के विषय में सोचना कैसे व्यावहारिक होगा।

1962 में भारत और चीन के बीच हुए युद्ध से 12 वर्ष के नरेंद्र अपने देश के विषय में चिंतित थे, यदि कहीं कुछ बुजुर्ग और बड़े व्यक्ति इस पर चर्चा करते तो वे उत्सुकता से न केवल सुनते ही थे, बल्कि जिज्ञासा के साथ प्रश्न भी करते कि मेरा देश ही जीत रहा है न! इतनी कम आयु में देश के सम्मान और सुरक्षा के प्रति चिंता बहुत बड़ी बात थी, केवल चिंता ही नहीं, युद्ध के दौरान वडनगर से जब कुछ सेवाभावी लोग अपने सैनिकों के लिए भोजन और अन्य सामग्री के पैकेट एकत्रित कर मेहसाणा रेलवे

स्टेशन पहुँचाने गए, तो माता-पिता को पूछकर नरेंद्र भी अपने प्यारे सैनिकों को सम्मान व समर्थन देने के लिए इनके साथ चल दिए। राष्ट्रभक्ति माँ ने संस्कारों में और संघ शाखा ने व्यवहार में सिखाई थी, देश का सैनिक बनने की इच्छा भी नरेंद्र के मन में यहीं से उपजी और सेना में जाने का रास्ता उन्हें जामनगर के सैनिक स्कूल में प्रवेश के बाद साफ दिखता था, जहाँ फीस न होने के कारण नरेंद्र एडमिशन नहीं ले पाए।

माँ धार्मिक प्रवृत्ति की थीं, घर के नजदीक ही भगवान् भोलेनाथ का मंदिर था, जहाँ नरेंद्र हमेशा दर्शन और पूजन को जाते थे, इस परिवेश ने नरेंद्र की धार्मिक आस्था व परमात्मा के प्रति अगाध प्रेम को और अधिक बढ़ा दिया। साधु-संतों की संगति, उनके विचार और उनकी सेवा नरेंद्र को बचपन से अच्छी लगती थी। बालक नरेंद्र की ऐसी गतिविधियाँ और रुचि देखकर माँ को भय और आशंका सताती रहती थी। एक बार नवरात्र के अवसर पर एक साधु नरेंद्र के घर आए। भिक्षा देने के बाद माँ हीराबेन ने अपने दो बच्चों सोम भाई और नरेंद्र भाई की कुंडली साधु महाराज को दिखाई। दोनों

की जन्म-कुंडलियों को ध्यानपूर्वक देखकर साधु ने कहा, 'सोम भाई का जीवन तो सामान्य रहेगा, लेकिन 13 वर्ष के आपके बेटे नरेंद्र के ग्रह एकदम अलग और प्रभावी योग वाले हैं। ऐसी ग्रहदशा बैठी हुई है, उससे तो लगता है कि अगर राजनीति के क्षेत्र में गया तो चक्रवर्ती शासक बनानेवाले शुभ योग हैं और जो इसकी वर्तमान स्थिति और सोच है, उसके हिसाब से अगर यह साधु बन गया तो फिर शंकराचार्य के पद तक पहुँचने में देरी नहीं लगाने वाला।' माँ सुनकर सन्न रह गई—न खुशी, न गम, आशंकाओं का ज्वार और अधिक हिलोरें मारने लगा। माँ की तो छोटी सी चाह थी, बेटा पढ़-लिख ले, कुछ कमाने लायक हो तो अपना घर-संसार बसा ले, हर गृहस्थी की तरह आगे वंश बढ़ जाए, बस इससे ज्यादा चाह माँ की क्या हो सकती थी, उसमें भी लाड़ले का ही कल्याण भाव था, अपना कोई स्वार्थ नहीं। नरेंद्र की विशेष बुद्धि-विवेक और दिनचर्या से वैसे ही हीराबेन चिंतित रहती थीं, लेकिन भविष्य के गर्भ में क्या है, इसे तो परमात्मा या नियति ही जानते हैं,

सामान्य मनुष्य उसके विषय में समय से पहले चिंता जाहिर कर भला कर भी क्या सकते हैं।

समय बीता, नरेंद्र जब 17 साल के हुए तो कॉलेज में दाखिला लिया। माँ को आस थी कि कॉलेज में जाकर शायद नरेंद्र की सोच, काम करने के तरीके और जीवनचर्या में कुछ बदलाव आएगा, लेकिन ऐसा कुछ भी दिखाई नहीं दिया। नरेंद्र जैसे-के-तैसे व्यक्ति केंद्रित न रहकर समाज और देश की चिंता करते हुए सामान्य जीवन की गतिविधियों में ज्यादा उत्साह नहीं, लेकिन राष्ट्रीय स्वयंसेवक संघ की गतिविधियों के विस्तार के लिए पूरी ऊर्जा, उत्साह, तन्मयता और लगातार प्रयास। इसके साथ ही आध्यात्मिक वृत्ति की ओर ज्यादा झुकाव और धार्मिक कार्यों में विशेष सहभागिता उनकी दिनचर्या में अधिकाधिक बढ़ने लगी। माता-पिता को अब एक ही आस थी कि नरेंद्र को यदि बदला जा सकता है तो इसका एक ही उपाय है कि जल्दी-से-जल्दी इनका विवाह करवा दिया जाए। इस सबसे उलट एक दिन नरेंद्र ने अपने घरवालों के सामने एक चौंकाने वाला प्रस्ताव रख दिया। नरेंद्र भाई ने कहा कि पढ़ाई-लिखाई तो चल ही रही है, लेकिन फिलहाल मेरे मन में बहुत समय से जो कुछ अनुत्तरित प्रश्न चल रहे हैं, उनके समाधान के लिए मैं आध्यात्मिक खोज के लिए हिमालय क्षेत्र में जाना चाहता हूँ। बेटे नरेंद्र के मुँह से यह बात सुनते ही पहले से आशंकित माँ को साधु की कही हुई बातें व भविष्यवाणी याद आई और उनके पैरों तले जमीन खिसक गई। माँ अपने बेटे के इस प्रस्ताव से व्यथित हो गई—उनसे कोई उत्तर नहीं बन पाया, माँ को परेशान देख 17 साल के नरेंद्र ने कहा, 'जब तक आप घर के लोग खुशी-खुशी मुझे हिमालय यात्रा की मंजूरी नहीं देंगे, तब तक मैं नहीं जाऊँगा। लेकिन मेरा मन तो यही कहता है कि मैं हिमालय की तरफ जाकर कुछ दिन चिंतन करूँ।' कई दिन तक घर में नरेंद्र के इस प्रस्ताव पर चर्चा हुई, माता-पिता को अपने बेटे का स्वभाव भी मालूम था और इच्छा भी, इसलिए काफी सोच-विचार के बाद घरवाले तैयार हो गए। माँ ने बेटे के इस कड़े और अनोखे फैसले के आगे अपनी भावनाओं और इच्छा को दबाकर

हामी भर दी। जिस दिन नरेंद्र ने यात्रा के लिए प्रस्थान किया, ममतामयी माँ हीराबेन ने रास्ते के लिए कंसार बनाकर दिया और बेटे के माथे पर तिलक लगाकर खुशी-खुशी, लेकिन भरे मन से विदा किया।

घर से विदा होकर पूरे दो साल तक नरेंद्र भाई हिमालय की कंदराओं और गुफाओं में घूमते रहे। एक ही लक्ष्य था—मन में उठनेवाले प्रश्नों का उचित समाधान और मनुष्य के जटिल स्वभाव को जानने व परखने की क्षमता का विकास करना। नाना प्रकार के साधु-संतों से मिलना हुआ, उनसे संपर्क और संवाद हुआ, इस बीच न अपने भौतिक सुखों और आवश्यकताओं की चाह, न घरवालों की परवाह—केवल परमात्मा और प्रकृति पर विश्वास और उसको अधिकाधिक समझने की लालसा व जिज्ञासा। न कभी घरवालों को चिट्ठी भेजी, न किसी की कोई खोज-खबर ली।

घर-परिवार से एकदम अलग संन्यासी-सा जीवन व्यतीत कर दो साल बाद 19 साल के नरेंद्र एक दिन अचानक घर लौटे। सबसे पहले छोटी बहन वसंतीबेन ने नरेद्र भाई को देखा। माँ रसोई में खाना बना रही थीं। छोटी बहन यह कहते हुए घर के अंदर भागी—'नरेंद्र भाई आ गए, नरेंद्र भाई आ गए।' नरेंद्र का नाम सुनते ही माँ खुद को रोक नहीं पाईं। बदहवास घर से बाहर भागीं। कंधे पर एक झोला लटकाए एकदम नए वेश में जब नरेंद्र को देखा तो आँखों से आँसू टपकने लगे। माँ ने सबसे पहला सवाल किया, 'इतने दिन कहाँ थे, क्या खाते थे?' नरेंद्र ने कहा, 'हिमालय में था। बिल्कुल ठीक था।' दो साल बाद बेटा घर लौटा था। माँ ने रोटला और सब्जी बनाई। अलग से मिठाई बनाना चाहती थीं, लेकिन नरेंद्र भाई ने मना कर दिया। खाना खाकर नरेंद्र गाँव में घूमने निकले, तो माँ ने सबसे पहले नरेंद्र के झोले को खोला, जिसे देखकर वह हैरान रह गईं, मिलता भी माँ को भला क्या, वह तो केवल मन को दिलासा देने के लिए स्वयं को ही छका रही थीं—सिर्फ एक जोड़ी कपड़ा था। एक हाफ पेहरान, एक भगवा शॉल और माँ की एक तसवीर थी। माँ यह सब देखकर समझ गई कि नरेंद्र अभी सामान्य सांसारिक व्यक्ति

वाली स्थिति में नहीं पहुँच पाए हैं, लेकिन फिर किया भी क्या जाए, खेल तो सारा नियति का है, जो उसे मंजूर होगा—होना तो वही है।

हिमालय से लौटने के बाद युवा नरेंद्र माँ और भाई बहनों के साथ सिर्फ एक दिन और एक रात ही अपने घर पर रहे। वडनगर का यह ऊर्जावान और प्रखर विवेक वाला युवा अपनी गर्वीली स्मृतियों और पीड़ा व संकटों के साथ फिर ठोस जीवन जीने के संकल्प की खोज में यात्रा के अगले पड़ाव के लिए अहमदाबाद के लिए रवाना हो गया।

◆◆◆

अध्याय 2

साधु बनने की जिद

साधु बनने की जिद

उपकारिषुयः साधुः साधुत्वे तस्यकोगुणः।
अपकारिषुयः साधुः स साधुः सदभिरुच्यते॥

(**अर्थात्**—भलाई करने पर यदि भलाई की तो उसके साधुपन का क्या गुण हुआ? अपकार (बुराई) करने पर यदि भलाई करे, उसको सज्जन साधु कहते हैं।)

कॉलेज में प्रवेश दिलाकर माता-पिता को पूरी आशा थी कि शायद नरेंद्र धर्म-अध्यात्म और अन्य विषयों के भ्रमजाल से निकलकर कुछ बदलेंगे, उनका जीवन के विषय में सोचने का नजरिया बदलेगा। माता-पिता ने स्वयं बहुत समझाया, रिश्तेदारों, कुटुंबी जनों और कई अनुभवी बुद्धिमान लोगों के माध्यम से नरेंद्र को सांसारिकता के महत्त्व की सीख दिलाने की कोशिश की, लेकिन सब व्यर्थ। नरेंद्र के मन में जो प्रश्न घर कर गए थे, वे बारंबार उनको उद्वेलित करते, पढ़ाई-लिखाई से ज्यादा उनके माथे पर अपने मन की चिंताओं की लकीरें दिखतीं, कॉलेज में भी कक्षा के बाद ज्यादातर समय पुस्तकालय में जाकर भारतीय संस्कृति, जीवन-मूल्य और महापुरुषों के जीवन-चरितों का अध्ययन करते, बाकी इससे ज्यादा उनको दुनिया से कोई लेना-देना नहीं था। अपने मन के दृढ़-संकल्प और गहन अध्ययन द्वारा नरेंद्र को इतना आत्मविश्वास था कि आध्यात्मिक साधना

के लिए किसी सुपात्र गुरु के मार्गदर्शन में ही रास्ता मिलना संभव है। यह वैराग्य भाव ऐसा नहीं है कि नरेंद्र के मन में 16–17 वर्ष के बाद आया हो, यह तो बचपन से ही उनके मन में था। 8 वर्ष की आयु में जब बच्चे सारी दुनिया की चिंता और तनाव से मुक्त होकर केवल खेल और मस्ती में अपना कल्पना-संसार रचते हैं, तब भी माता-पिता की स्थिति के विषय में सोचते हुए उनके साथ यथाशक्ति सहयोग करते हुए नरेंद्र केवल पुस्तकों में खोये रहते थे। जिस आयु में अबोध बालक मित्रों की टोलियों से घिरे रहना पसंद करते हैं, नरेंद्र तब भी कुछ समय एकांत चिंतन में लगे रहते थे। यानी यह वैराग्य भाव उनके अंदर बाल्यकाल से ही था, जिसे उन्होंने प्रकट भी किया और घर से निकलकर साधु बनने की यथाशक्ति कोशिश भी की।

बाल्यकाल से ही हिमालय के प्रति नरेंद्र के मन में विशेष आकर्षण था, तीव्र आध्यात्मिक वृत्ति के नरेंद्र आए दिन साधु-संतों और श्रद्धालुओं से

बाबा केदार, बदरीधाम, कैलाश मानसरोवर समेत हिमालयी क्षेत्र के पूर्व से पश्चिम और उत्तर से दक्षिण दिशा में आनेवाले सभी पावन धार्मिक तीर्थों के विषय में रुचि लेकर सुनते थे, इन तीर्थों की महिमा और वहाँ के प्राकृतिक व आध्यात्मिक सौंदर्य की चर्चा सुनकर नरेंद्र मन-ही-मन में वहाँ की यात्रा कर लेते थे, कामना बहुत छोटी थी, इच्छा बहुत बड़ी, जो पूरी होनी संभव न थी, लेकिन क्योंकि प्रकृति और परमात्मा के रहस्य के साथ मानव जीवन के श्रेष्ठ उद्देश्यों को जानने की चाह थी, जो स्वामी विवेकानंद द्वारा स्थापित कोलकाता शहर के पास बेलूर मठ में ही पूर्ण होती दिखाई पड़ती थी। बेलूर मठ रामकृष्ण मठ और मिशन का मुख्यालय है, जहाँ श्रीरामकृष्ण देव के भव्य मंदिर के अलावा स्वामी विवेकानंद का निवास स्थान और समाधि मंदिर भी स्थित है। यहाँ रामकृष्ण मठ और मिशन के अध्यक्ष भी रहते हैं, इसलिए बहुत छोटी कक्षा में ही अपनी जिज्ञासा के समाधान के लिए नरेंद्र कुछ तीर्थयात्रियों के दल के साथ बेलूर मठ पहुँच गए थे।

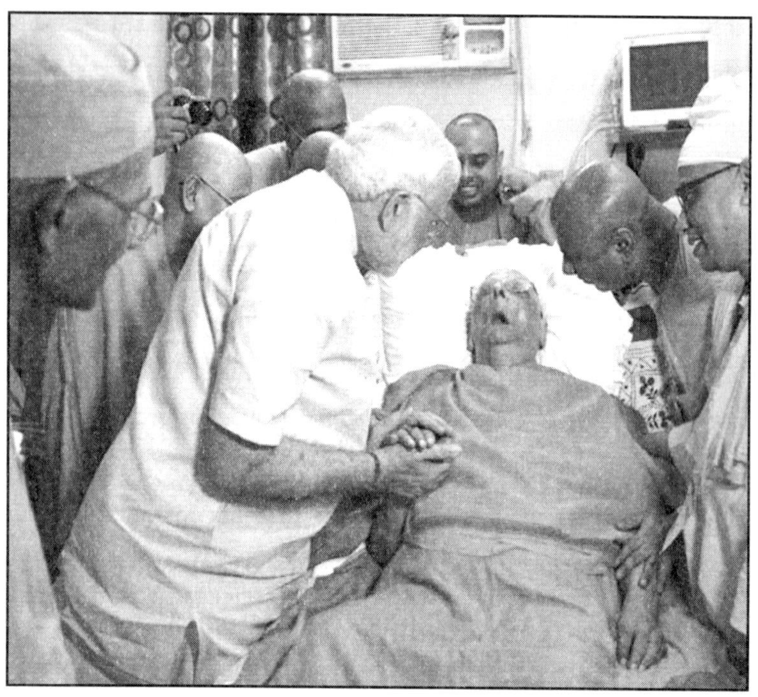

स्वामी आत्मास्थानंद बाल साधक नरेंद्र की साधु बनने की हठ पर बहुत बाद तक भी लोगों से चर्चा करते रहे। संन्यास लेने के लिए नरेंद्र पहली बार शायद 1961 में बेलूर मठ आए थे। उस समय रामकृष्ण मठ और मिशन के महासचिव स्वामी माधवानंदजी थे। तब स्वामी माधवानंदजी ने उनसे कहा था, 'बच्चा, पढ़ाई करो।' उस समय नरेंद्र एक किशोर थे और उन्होंने दसवीं भी पास नहीं की थी, इसलिए स्वामीजी ने उन्हें वापस जाने और पढ़ाई करने की सलाह दी। नरेंद्र उसी दिन लौट आए। वे बेलूर मठ में नहीं ठहरे।

यहाँ से खाली हाथ लौटकर नरेंद्र ने अपने संकल्प को कमजोर नहीं होने दिया, न ही वे दुःखी हुए, अपनी धुन के पक्के थे। जो ठान लिया, वह करके रहते थे, इसलिए फिर अवसर की ताक में थे कि कोई बात नहीं,

बेलूर वाले साधु नहीं बनाएँगे, जब श्रद्धालुओं या तीर्थयात्रियों की कोई और नई टोली देश के किसी और क्षेत्र में यात्रा के लिए जाएगी तो उनके साथ हो लूँगा। इसके बाद एक दिन नरेंद्र को वह स्वर्णिम अवसर मिल गया और वे एक यात्रीदल के साथ देवभूमि स्थित रामकृष्ण मठ के अल्मोड़ा केंद्र पहुँच गए, भव्य और दिव्य प्रकृति को साक्षात् जमीन में उतरा देख नरेंद्र को यहाँ परमात्मा के जल्द साक्षात्कार की प्रबल आशा दिखी, लेकिन यह क्या, भक्त तो मन से अपने परमेश्वर की खोज में पहुँचा था, मनमोहिनी प्रकृति भी पूरी आस जगा रही थी कि बस एक बार व्यवस्थित रूप से दीक्षा मिल जाए, यहीं धुनी रमाकर जीवन को सार्थक करना है, लेकिन सब अपने हाथ में तो होता नहीं, यहाँ भी मन के प्रबल वेग और दिव्य भाव की उड़ान को आयु की सीमा ने रोक लगा ली, अल्मोड़ा के साधना केंद्र के स्वामीजी ने

भी बालक नरेंद्र को वापस जाने और पढ़ाई करने की सलाह दी।

यानी नरेंद्र ने बचपन से लेकर कॉलेज के दिनों तक यथाशक्ति कोशिश की कि संत-महात्माओं के सान्निध्य और सामीप्य में रहकर इस जीवन की सार्थकता प्रमाणित की जाए। परिवार धार्मिक प्रवृत्ति का था, अतिथियों और संत-महात्माओं का खूब आदर-सत्कार होता था, उनका आना-जाना लगा रहता था, गाँव के लोग देश के सभी प्रमुख तीर्थों की यात्रा करते थे और वडनगर में भी समूचे देश के साधु-संन्यासी घूमते-फिरते आते ही थे, इसलिए नरेंद्र ने कोई कोशिश नहीं छोड़ी संन्यासी बनने की, लेकिन आयु हमेशा बाधक बनी रही।

कुछ साल बाद लगभग 1966 में नरेंद्र पढ़ाई के लिए राजकोट आए, तो स्वाभाविक है कि कॉलेज से पहले उन्होंने वहाँ आसपास सार्वजनिक पुस्तकालय, मठ-मंदिरों और आश्रमों की ही खोजबीन की होगी। उस समय रामकृष्ण मठ राजकोट केंद्र के प्रमुख स्वामी आत्मस्थानानंदजी थे। तब नरेंद्र स्वामी आत्मस्थानानंदजी के संपर्क में आए। कॉलेज में अवकाश के दिनों में वे राजकोट के रामकृष्ण आश्रम आया करते थे और अध्ययन के साथ-साथ वहाँ के संतों से चर्चा-परिचर्चा किया करते थे तथा उनके द्वारा बताई बातों को अपनी डायरी पर उतारते, यह क्रम चलता रहा। इस युवा को सबसे अलग, सबसे विशेष और आध्यात्मिक वृत्ति से लबालब पाकर स्वामी आत्मस्थानानंदजी और नरेंद्र के बीच मजबूत आत्मीय संबंध बने, जो उनके आखिरी दिनों तक रहे।

उचित अवसर पाकर नरेंद्र ने स्वामी आत्मस्थानानंदजी से संन्यासी बनने की अपनी इच्छा प्रकट की। तब स्वामी आत्मस्थानानंदजी ने उनसे कहा कि संन्यास उनके लिए नहीं है और उन्हें सलाह दी कि वे पढ़ाई करें और जो कर रहे थे, वह करते रहें। नरेंद्र उस समय राष्ट्रीय स्वयंसेवक संघ के एक सक्रिय स्वयंसेवक थे, स्वामीजी ने उन्हें स्पष्ट शब्दों में 'न' कह दिया। नरेंद्र को स्वामीजी से बहुत कुछ प्राप्त हुआ, उनकी कई शंकाओं

का समाधान भी और जीवन के लिए एक बड़ी दिशा भी। गुरु के रूप में वे स्वामीजी का सम्मान करते थे और इन वर्षों में यह संबंध और भी मजबूत होता गया। इसके बाद नरेंद्र ने पीछे मुड़कर नहीं देखा। वे पूरी तरह से एक समर्पित स्वयंसेवक की तरह समाज-देश के पुनीत कार्य में तल्लीन हो गए, अर्थात् साधु से बढ़कर समाज-सेवी बन गए।

प्रधानमंत्री नरेंद्र मोदी ने बताया कि देवभूमि के सभी साधना स्थल और सिद्धपीठ अपने आप में अद्वितीय हैं। उत्तराखंड में साधु की भूमिका में जहाँ-जहाँ वे रहे, उन सभी जगहों के प्रसंग वे यथासमय अपने सार्वजनिक भाषणों और वक्तव्यों में व्यक्त करते रहे हैं। बाबा केदार के परमधाम के प्रति किशोरावस्था से ही उनके हृदय में जो श्रद्धाभाव था, उसका प्रमाण केदारपुरी के कायाकल्प से मिल जाता है, जिसे उन्होंने अपनी देख-रेख में बहुत कम अवधि में बड़े मनोयोग से पूर्ण करवाने का काम किया है। प्रधानमंत्री मोदी ने बताया कि जब वे गरुड़चट्टी में रहते थे तो चाहे मौसम कैसा भी हो और स्थिति कैसी भी हो, वे हर सुबह नियमित रूप से श्रद्धाभाव के साथ अपने इष्ट भोलेनाथ शिव को जल चढ़ाने केदारनाथ मंदिर अवश्य जाते थे।

◆◆◆

अध्याय 3

नरेंद्र का मिशन रामकृष्ण

नरेंद्र का मिशन रामकृष्ण

अयं निजः परो वेति गणना लघुचेतसाम्।
उदारचरितानां तु वसुधैव कुटुम्बकम्॥

(**अर्थात्**—यह अपना बंधु है और यह अपना बंधु नहीं है, इस तरह की गणना छोटे चित्तवाले लोग करते हैं। उदार हृदयवाले लोगों का तो संपूर्ण धरती ही परिवार है।)

बचपन से ही जिज्ञासु प्रवृत्ति के नरेंद्र का मन सामान्य विद्यार्थियों की तरह कक्षा और खेलकूद तक सीमित न रहकर एक बड़ी और विस्तृत दुनिया को ढूँढ़ने तथा समझने के लिए आतुर रहता था। पता नहीं किस चीज की तलाश थी, जिसको खोजने के लिए आकुल-व्याकुल नरेंद्र का मन छटपटाता रहता था और घर से दूर निकलकर लक्ष्य-प्राप्ति का मार्ग ढूँढ़ने को उद्वेलित रहता था। युवा होने पर दुनियादारी वालों ने खूब समझाया कि कुछ कमाने-खाने की बात करो, ये बिना सिर-पैर की बातें छोड़ दो, इनसे पेट नहीं भरेगा और जब तक कुछ कमा-धमाकर अपनी पहचान नहीं बना लोगे, तब तक घरवाले और रिश्तेदार भी पूछनेवाले नहीं, लेकिन जिस शख्स ने मन में ठान ली हो, वह किसी की सीख और सलाह की भला क्यों परवाह करे। वास्तव में नरेंद्र को माँ से ही भावनात्मक लगाव था, जो आज भी है और माँ ने ही संस्कार तथा सीख देकर आध्यात्मिक भाव जाग्रत् किया था बेटे के अंदर।

बचपन से ही नरेंद्र ने ऐसी कई धार्मिक यात्राओं में शामिल होने की जिद की, जो यात्राएँ आयु और क्षमता के अनुसार उनके सामर्थ्य से बाहर की थीं। ऐसा ही किस्सा तब का है, जब 14 वर्ष के नरेंद्र ने घरवालों से नर्मदा परिक्रमा में शामिल होने की जिद की थी, माँ ने इस कठिन यात्रा की अनुमति नहीं दी, बहुत खिन्न और मायूस हुए नरेंद्र। माँ हाँ भी कैसे करतीं? इतनी लंबी 14 महीने चलनेवाली परिक्रमा, वह भी नंगे पाँव। ऐसी बड़ी यात्रा कहाँ संभव थी, उस कोमल और निरीह श्रद्धालु किशोर से।

हिमालय के साथ-साथ रामकृष्ण मठ ने युवा नरेंद्र को हमेशा से प्रभावित किया, क्योंकि अपने आदर्श पुरुष स्वामी विवेकानंद के विराट् व्यक्तित्व और अप्रतिम प्रतिभा के वे किशोरावस्था से ही कायल थे। बचपन से ही वे भारतीय संस्कृति, परंपरा और ज्ञान को विश्वमंच पर प्रतिष्ठित करनेवाले अपने आदर्श नायक स्वामी विवेकानंद जैसा जीवन जीने और उनके गुणों को अपने संस्कारों में उतारने के पक्षधर रहे। निस्संदेह बालक नरेंद्र ने स्वामी विवेकानंद के कदमों पर चलने की यथासमय पूरी कोशिश की। अपने गुरु रामकृष्ण परमहंस से जिस प्रकार की जिज्ञासा और प्रश्न विवेकानंद करते थे, उसी प्रकार नरेंद्र बाल्यावस्था से लेकर किशोरावस्था और युवा अवस्था तक भी देश के विभिन्न पावन तीर्थों की यात्रा कर मार्ग में मिलनेवाले असंख्य संत-महात्माओं से किया करते थे। अपने श्रद्धेय आत्मीय गुरुजनों से नरेंद्र ने इसी प्रश्न शैलीव जिज्ञासु प्रयत्न के चलते गहन ज्ञान प्राप्त किया। स्वामी विवेकानंद द्वारा स्थापित बेलूर मठ के प्रति नरेंद्र का आकर्षण स्वाभाविक था, जब वे युवा अवस्था में बेलूर मठ आए और रामकृष्ण मठ तथा मिशन के तत्कालीन महासचिव स्वामी माधवानंदजी से दीक्षा लेने की इच्छा जाहिर की तो उन्हें निराश होना पड़ा।

स्वामी माधवानंदजी 1938 से 1962 तक रामकृष्ण मठ और मिशन के महासचिव रहे और 1962 से 1965 तक अध्यक्ष रहे। स्वामीजी का देहावसान 6 अक्तूबर, 1965 को हुआ।

युवा नरेंद्र ने उस दौर में, जबकि वह किसी सही दिशा व मार्ग ढूँढ़ने की कोशिश में असमंजस की स्थिति में थे, तब मठ में अपने जीवन के महत्त्वपूर्ण एक-एक पल और क्षण उनको यहाँ परम आनंद देनेवाले लगे थे। नरेंद्र ने स्वामीजी से दीक्षा देने का आग्रह किया और उनको प्रभावित करने में कोई कोर-कसर बाकी नहीं छोड़ी।

बताते हैं कि स्वामी माधवानंद ने नरेंद्र को ऐसा न करने की सलाह देते हुए मन लगाकर शिक्षा ग्रहण करने की सीख दी। अपनी जिद से बड़ी जिद जब नरेंद्र को स्वामीजी की लगी तो वे भरे मन से वहाँ से लौट आए। उदास मन से गुजरात चले आए। अपने घर लौटकर लिखाई-पढ़ाई के बाद वे 1966 में राजकोट पहुँचे और वहाँ के रामकृष्ण मठ के तत्कालीन शाखा अध्यक्ष स्वामी आत्मस्थानानंदजी से भेंट कर फिर से साधु बनने की इच्छा जताई। स्वामीजी नरेंद्र की इस रट से वाकिफ थे, कई बार प्यार से, कई बार झिड़की देकर बता चुके थे कि 'संन्यास इतना आसान नहीं है, जितना तुम समझते हो', लेकिन 'संत हृदय नवनीत समाना'। स्वामीजी को इस बात का पूरा अहसास हो रहा था कि नरेंद्र का विशेष आचार-व्यवहार है तो किसी साधु

जैसा ही, लेकिन आयु देखकर वे हमेशा नरेंद्र को हतोत्साहित करते रहे। नरेंद्र भी भला कहाँ माननेवाले थे। वह भी हर बार आग्रह करते, आखिर गुरुदेव को पीछा छुड़ाने का उपाय ध्यान आया। स्वामीजी ने कहा, नरेंद्र तुम कुछ दिन तक अपनी दाढ़ी बढ़ा लो और परमात्मा में यथासमय मन लगाकर उनकी आराधना करो, समय आएगा, तुम स्वयं संन्यासी बन जाओगे।

बचपन में स्वामी माधवानंद व स्वामी आत्मस्थानानंद जैसे पथ-प्रदर्शक गुरु जिस सौभाग्यशाली शिष्य को प्राप्त हुए हों, उसके लिए दाढ़ी रखने की गुरु आज्ञा भी किसी मंत्र या दीक्षा से कम भला कैसे हो सकती थी, गुरुओं का असीम स्नेह और वात्सल्य भाव ही था, जो बालक नरेंद्र के इस विश्वास को

जगाता था कि उनके मार्गदर्शन में जिंदगी का एक सार्थक मार्ग मिलेगा और इस दुर्लभ मानव योनि के लिए कोई बड़ा लक्ष्य अवश्य प्राप्त होगा। गुरुजन भी आश्वस्त थे कि देश के नौजवानों के प्रेरक स्वामी विवेकानंद ने गहन साधना, श्रम और ज्ञान द्वारा जो कुछ अर्जित किया है, उससे उत्पन्न विचारों का पालन करते हुए नरेंद्र जैसे नौजवान इस राष्ट्र को अपनी सनातन संस्कृति और जीवन–मूल्यों के साथ पुन: जगद्गुरु बनाने का कोई प्रयास नहीं छोड़ेंगे। किशोरावस्था के दिनों में स्वामी विवेकानंद द्वारा बनाए गए इस मठ में नरेंद्र बचपन से जिद करके लगातार आते रहे। स्वामी आत्मस्थानानंद से काफी प्यार और स्नेह पाया, ऐसा सौभाग्य तो किसी विरले को ही प्राप्त हुआ हो। इसी का

परिणाम था कि वे किशोरावस्था से अर्थात् लगभग 1961 से आज तक दर्जनों बार तो यहाँ अवश्य ही आए होंगे। जनवरी 2020 में प्रधानमंत्री के रूप में नरेंद्र मोदी बेलूर मठ आए और उन्होंने यहाँ पर एक रात भी गुजारी। बेलूर मठ को एक तीर्थस्थल बताते हुए उन्होंने कहा कि हावड़ा जिले में स्थित रामकृष्ण मिशन के वैश्विक मुख्यालय की यात्रा करना उनके लिए 'घर आने' जैसा है।

गंगा नदी के तट पर स्थित बेलूर मठ स्वामी विवेकानंद द्वारा स्थापित रामकृष्ण मठ और मिशन का मुख्यालय है। स्वामी विवेकानंद ने अपने जीवन के स्वर्णिम पल यहाँ बिताए। यहाँ स्वामी विवेकानंद का समाधि-स्थल भी है। कोलकाता के करीब बेलूर मठ एक पर्यटन स्थल भी है, जहाँ श्रीरामकृष्णदेव का भव्य मंदिर, इसके अलावा माँ सारदा देवी की समाधि और इनके जीवन से जुड़ी वस्तुओं का संग्रहालय भी है।

1938 में बना श्रीरामकृष्णदेव का मंदिर सभी धर्मों व भावधाराओं से प्रेरित है। गौर करनेवाली बात यह है कि इस मंदिर में सभी धर्मों के लोग दर्शन के लिए आते हैं। यह अप्रैल से सितंबर तक प्रातः 6 बजे से 12 बजे तक और सायं 4:00 बजे से 9:00 बजे तक और अक्तूबर से मार्च के दौरान प्रातः 6:30 बजे से 12 बजे तक और सायं 3:30 बजे से 8:30 बजे तक खुलता है। बड़ी संख्या में विदेशी पर्यटक इस मठ को देखने आते हैं।

बेलूर मठ एक विकासोन्मुख संत संस्था है। इसके सिद्धांतों में पूर्व और पश्चिम का समन्वय देखा जा सकता है। यह वैज्ञानिक प्रगति तथा भारतीय अध्यात्मवाद का मिश्रण है। बेलूर मठ जनकल्याण में व्यापक भूमिका निभाता है। रामकृष्ण मठ और रामकृष्ण मिशन की विचारधारा, उनके

विविध क्रियाकलापों में प्रस्फुटित होती है। ये गतिविधियाँ, शिक्षा, स्वास्थ्य, ग्रामीण विकास, स्वरोजगार, महिला कल्याण, सर्वधर्म सद्भाव, आध्यात्मिक मार्गदर्शन और आपदाग्रस्त लोगों को राहत जैसे मानवीय तथा समाज कल्याण के विभिन्न क्षेत्रों में चलती रहती हैं। इसके द्वारा विभिन्न संस्थाएँ स्कूल, कॉलेज व अस्पताल चलाए जाते हैं। ये सभी क्रियाकलाप सेवाभाव से मनुष्य में विद्यमान परमात्मा की सेवा के रूप में किए जाते हैं।

◆◆◆

अध्याय 

केदारनाथ से साक्षात्कार

केदारनाथ से साक्षात्कार

शिवं शान्तं जगन्नाथं लोकानुग्रहकारकम्।
शिवमेकपदं नित्यं शिकाराय नमो नमः॥

(**अर्थात्**—जो सबसे शुभ (मंगलकारी) है, जो शांति का धाम है, जो जगत् के नाथ हैं, विश्वलोक के कल्याण के लिए कार्य करते हैं। जो शिव के रूप में एक अनंत (अमर) शब्द है, ऐसे शिवजी को नमन है, प्रणाम है।)

आदिदेव शिव के द्वादश ज्योतिर्लिंगों में पावन केदार धाम सबसे ऊँचाई पर स्थित है, यह उत्तराखंड के रुद्रप्रयाग जिले में स्थित है। भगवान् शिव के प्रति नरेंद्र के परिवार की अगाध भक्ति थी, माता-पिता, कुटुंबीजन और सभी रिश्तेदार यदा-कदा भगवान् भोलेनाथ के पवित्र धाम की यात्रा पर जरूर जाते थे और ऐसे ही अपने लोगों और साधु-संतों के मुख से बाल्यकाल में ही नरेंद्र को केदारनाथ धाम को देखने का सपना आँखों में तैरता। जब कोई संत केदारनाथ की महिमा, वहाँ के प्राकृतिक सौंदर्य व आध्यात्मिक अनुभूति का चित्रण करता तो उस दिव्य धाम के प्रति नरेंद्र का मन फिर-फिर से आकर्षित होता। जब कोई संत बताता कि हिमालय की केदार चोटी पर नर-नारायण ने तपस्या की और उनकी इस कठोर तपस्या से प्रभावित होकर कैलाशपति भोलेनाथ ने उनको साक्षात् दर्शन दिए। तब भगवान् भोले शंकर के भक्तों ने अपने इष्ट से निवेदन किया कि प्रभो, यदि आप हम पर वास्तव में

प्रसन्न हैं तो कृपापूर्वक हमारे केदार क्षेत्र में भी निवास कीजिए, अपने भक्तों के मन का भाव समझकर, उनका मान रखते हुए देवाधिदेव महादेव ने केदार क्षेत्र में लिंग रूप में स्थापित होने का वचन दिया और तब से भगवान् शंकर लिंग रूप में केदार में नित्य विराजमान रहकर अपने भक्तों की मनोकामना पूर्ण करते हैं।

भगवान् भोलेनाथ के इस माहात्म्य को सुनते ही नरेंद्र का भक्त मन कल्पना की उड़ान भरता और सुदूर हिमालय की हरीतिमा युक्त आध्यात्मिक चेतना से युक्त सुंदर चोटियों में पहुँचता, जहाँ कल्पना-लोक में कहीं वह त्रिपुरारि को मस्तक पर गंगा का वेग रोकते हुए देखते, कहीं नंदी और अन्य गणों के साथ शिवजी को दूल्हे के रूप में देखते, तो कहीं भगवान् शंकर को त्रिशूल लिये तांडव करते देखते। फिर मन में और श्रद्धाभाव जागता, उत्सुकता के साथ रोमांच का भाव भी। वे केदार की यात्रा करके आए हुए श्रद्धालुओं से वहाँ के माहात्म्य और शिव शंकर से जुड़ा कोई और प्रसंग बताने का आग्रह करते, फिर केदार से जुड़ी कथाओं के क्रम में नरेंद्र को बताया जाता कि आदिदेव का केदारधाम महाभारत की कथा से भी जुड़ा हुआ है—

जब कुरुक्षेत्र के मैदान में पांडवों व कौरवों के बीच हुआ ऐतिहासिक महाभारत का युद्ध खत्म हुआ तो पांडुपुत्र युद्ध में अपने सगे-संबंधियों की हत्या के पाप से मुक्त होने के उद्देश्य से भगवान् शिव का आशीर्वाद लेने के लिए काशी पहुँचते हैं, फिर द्रौपदी सहित पांडव हिमालय पर पहुँचते हैं, जहाँ उनको पता चलता है कि उनसे रुष्ट होकर भगवान् शिव केदारधाम पहुँच गए हैं, अपने आराध्य और इष्टदेव शंकर को मनाने और उनका दर्शन करने तथा आशीष पाने की चाह में उनको खोजते हुए पांडव प्रभु के परमप्रिय धाम केदार तक पहुँच जाते हैं। अपने प्रतापी भक्तों की परीक्षा लेने के लिए शिव नंदी की प्रजाति के प्राणी अर्थात् बैल का रूप धारण कर सामान्य पशुओं के समूह में शामिल हो गए। पांडवों को इस बात का भान हो गया। इतनी दूर से जिनके दर्शनों की उत्कंठा मन में लिये भटक रहे हैं, ऐसे में असंख्य पशुओं के बीच

में अपना रूप बदलने वाले त्रिलोकीनाथ को कैसे पहचानें? महाबली भीम को उपाय सूझा। उन्होंने चरने के बाद लौटते हुए पशुओं के रास्ते में दो पहाड़ों के बीच अपनी टाँगें फैला दीं, ताकि सभी पशु उन्हीं के बीच में से निकलें, सभी पशु भीम के पैरों के नीचे से निकल गए, लेकिन भोलेनाथ नहीं गए। जब बैल का वेश धारण करनेवाले भगवान् शिव भूमि में अंतर्धान होने को तत्पर हुए तो भीम ने उन्हें पहचान लिया, वे भोलेनाथ के चरणों की ओर झपट पड़े और भीम ने भगवान् की पीठ को जोर से पकड़ लिया। पांडवों की दृढ़ इच्छाशक्ति और भक्ति भाव देखकर इष्टदेव भोलेनाथ प्रसन्न हो गए और उन्होंने अपने प्रिय भक्तों को साक्षात् दिव्य दर्शन दिए। भगवान् शिव के दर्शन से पांडव पापमुक्त हो गए। भगवान् शिव के बैल रूप में पांडवों के साथ विद्यमान होने

का प्रमाण बाबा लोग यह कहते हुए नरेंद्र को देते कि जब भी तुम केदारनाथ जाओगे तो स्वयं अपनी आँखों से वहाँ बैल की पीठ की आकृति-पिंड के रूप में पाओगे, जिसकी वहाँ भगवान् केदारनाथ के रूप में पूजा होती है।

कई-कई बार भी केदार धाम की कथाओं से रुचि और जिज्ञासा जब नरेंद्र की शांत न दिखती तो साधु-संत केदार माहात्म्य को नेपाल स्थित पशुपतिनाथ मंदिर से भी जोड़ते, जिसके विषय में मान्यता है कि केदारनाथ में बैल रूप में भगवान् शिव जब अंतर्धान हुए तो उनके धड़ से आगे का हिस्सा नेपाल देश के काठमांडू क्षेत्र में प्रकट हुआ, जिससे वे 'पशुपतिनाथ' कहलाए। इसी तरह उनके बाकी शरीर के अंगों के विषय में बताते कि तुंगनाथ में, मुख रुद्रनाथ में, नाभि मदमहेश्वर में और जटा कल्पेश्वर में प्रकट हुए। केदारनाथ समेत इन पाँच जगहों को इसी आध्यात्मिक वर्चस्व के चलते पंचकेदार की श्रेणी में शामिल किया जाता है। बाबा केदार के विषय में नरेंद्र के मन में यात्रा मार्ग

की दूरी, यात्रा के लिए साधन या यात्रा पर होने वाले व्यय से ज्यादा चिंता इस बात की रहती कि बाबा केदार कब दर्शन करने के लिए मुझे बुलाएँगे। साधु-संतों, श्रद्धालुओं और भोले के भक्तों से नरेंद्र को केदारनाथ के विषय में सामान्य ही नहीं, विशेष जानकारी भी पूरी रहती थी। मंदिर के कपाट शीतकाल में सदैव बंद रहते हैं, क्योंकि भारी बर्फबारी के कारण मंदिर बर्फ से ढक जाता है। प्रचंड सर्दी के बाद भोले के दर्शनों के लिए सभी दर्शनार्थी भक्तों के लिए वैशाखी के बाद ग्रीष्मकाल में इस मंदिर को खोला जाता है।

प्राय: मंदिर के कपाट मई के प्रथम सप्ताह में खोले जाते हैं और ये कपाट अक्तूबर के अंतिम सप्ताह में बंद हो जाते हैं। दीपावली के बाद पड़वा के दिन जब मंदिर के द्वार बंद होते हैं, तो उस समय मंदिर में एक दीपक जला देते हैं। 6 माह बाद जब मई में पुजारी वापस केदारनाथ लौटते हैं तो वह दीपक उनको जलता हुआ मिलता है। आश्चर्य की बात तो यह है कि मंदिर को जब

खोला जाता है तो उसमें वैसी ही साफ सफाई रहती है, जो उसे बंद करने के समय की गई रहती है। केदारनाथ के कपाट जब बंद होते हैं तो पुजारी भगवान् शिव के विग्रह एवं दंडी को 6 माह तक पहाड़ से नीचे ऊखीमठ में ले जाते हैं और वहीं उनकी पूजा करते हैं, फिर 6 माह बाद उन्हें वापस लाया जाता है, इस प्रक्रिया के पीछे जुड़ी धार्मिक मान्यता के विषय में जानने की लालसा होती, ऐसे अनगिनत प्रश्न नरेंद्र के मन में उठते और उन सबको एकत्र कर वे पुनः किसी साधु-संन्यासी या श्रद्धालु के आगमन की प्रतीक्षा कर अपनी जिज्ञासा को शांत करने की संभावना तलाशते, केदारनाथ धाम तक पहुँचने के विभिन्न मार्गों के विषय में वे रुचि लेकर प्रश्न उठाते, गंगा के उद्गम गौमुख, दूध गंगा, मधु गंगा, बाल गंगा, भृगु गंगा आदि के विषय में जानकारी लेते, स्वामी रामतीर्थ की तपस्थली पंवाली से आगे त्रियुगीनारायण मंदिर के रास्ते केदार पहुँचने के परंपरागत मार्ग के साथ बूढ़ाकेदार होते मासरताल और सहस्रताल, खतलिंग-चौकी होते हुए, बहुत भव्य सुरम्य देवस्थलों से होते हुए केदार पहुँचने के संस्मरण लोगों के मुख से सुनने में नरेंद्र को ऐसा आनंद मिलता, मानो वे स्वयं केदारधाम की यात्रा करके आए हों।

इस सब जानकारी को जुटाने का लक्ष्य एक ही था कि केदारबाबा जल्दी अपने भक्त की मनोकामना पूरी करें और उन्हें अपनी परम मनोहारी व श्रद्धायुक्त छवि का साक्षात्कार करने के लिए जल्दी-से-जल्दी केदारनाथ बुलाएँ। बाबा केदार के प्रति इसी असीम श्रद्धाभाव ने पूरे दो साल नरेंद्र को हिमालयी क्षेत्र में तपश्चर्या, ज्ञान साधना व विचरण के लिए शक्ति प्रदान की और हिमालय का कोई ऐसा कोना, कोई ऐसा सिद्धपीठ नहीं छोड़ा, जिसको साधक नरेंद्र ने अपनी आँखों में कैद न किया हो। बदरीनाथ से लेकर गंगोत्री, यमुनोत्री आदि चारों धामों की कई बार विस्तृत यात्राएँ कीं और पड़ाव के रूप में कभी ऋषिकेश, कभी अल्मोड़ा, तो कभी कहीं और, ज्ञान और सत्य की तलाश में वह युवा योगी निरंतर आगे बढ़ता गया। मन में केवल आत्मचेतना को जगाने और लोक-कल्याण के रास्तों को खोजने की ही भावना थी,

इसलिए पूरे दो वर्ष हिमालयी क्षेत्र की दुर्गम व जटिल यात्रा में न कभी थकान हुई, न बोरियत महसूस की और युवा मन पर अंकित बाबा केदार आज तक भारत के लगातार दूसरी बार प्रधानमंत्री बन चुके नरेंद्र मोदी के मन-मस्तिष्क पर उसी श्रद्धाभाव और आकर्षण के साथ जुड़े हुए हैं, जैसे उस समय थे, इसलिए गुजरात के मुख्यमंत्री के तौर पर केदार आपदा के समय देश में सर्वप्रथम उन्होंने ही केदार के पुनर्निर्माण का प्रस्ताव तत्कालीन प्रधानमंत्री डॉ. मनमोहन सिंह के नेतृत्व वाली केंद्र सरकार के सामने रखा और आज भी चाहे बात केदारपुरी के निर्माण की हो, चारधाम यात्रा के लिए ऑल वेदर रोड की हो या केदारनाथ मंदिर के सौंदर्यीकरण की अथवा केदार गुफा में एक पूरे दिन साधना की, बाबा केदार और नरेंद्र का अनन्य संबंध किसी से छिपा नहीं है।

उत्तराखंड के हिमालयी क्षेत्र में कई दिव्य एवं भव्य तीर्थस्थलों की यात्रा के क्रम में नरेंद्र मोदी पिथौरागढ़ जिले में स्थित सुप्रसिद्ध नारायण आश्रम पहुँचे। चीन और नेपाल सीमा से लगी चैदांस घाटी पर स्थित यह आश्रम एक प्रमुख आध्यात्मिक केंद्र है। चारों ओर हरियाली और प्रकति की अनुपम छटा

से सराबोर इस आश्रम का भक्तिमय वातावरण प्रकृति से साक्षात्कार कराता प्रतीत होता है। आदिकाल से ही योगी, महर्षि और ऋषि-मुनि आध्यात्मिक चिंतन तथा शांति के लिए यहाँ आते रहे हैं। ऐसा इतिहास है कि योगी श्री नारायण स्वामी 1935 में कैलाश मानसरोवर यात्रा के दौरान पिथौरागढ़ की चैदांस घाटी पहुँचे। इस दौरान नारायण स्वामी ने सोसा में आश्रम बनाने की इच्छा जताई, तो चैदांस के भूस्वामी खुशहाल सिंह ह्यांकी बंधुओं ने 5 नाली भूमि दान की। जिसके बाद 26 मार्च, 1936 को इस स्थान पर 'नारायण आश्रम' की स्थापना हुई। इस दिव्य स्थल की मान्यता की चर्चा देशभर में थी। यह पावन तीर्थ और सिद्ध क्षेत्र कितना महत्त्व रखता है, उसका प्रमाण इसी से मिलता है कि आस्था के प्रतीक और श्रद्धालुओं के विश्वास से तब से लेकर आज तक यह आश्रम 35 एकड़ में फैल चुका है। आज भी हजारों लोग हर साल नारायण आश्रम के दर्शन कर दिव्य अनुभूति प्राप्त करते हैं।

किशोरावस्था से लेकर बाद में सार्वजनिक जीवन में आने के बाद इस पावन क्षेत्र में कई बार नरेंद्र मोदी आए होंगे। 1995 में कैलाश मानसरोवर की यात्रा के दौरान नरेंद्र मोदी कैलाश आश्रम के दर्शन कर चुके हैं। आश्रम संचालक बताते हैं कि मोदी उस दौरान प्रधानमंत्री नहीं थे और वे यहाँ आए थे, हिमालयी क्षेत्र में विशेषकर उत्तराखंड के गढ़वाल व कुमाऊँ क्षेत्र के प्रति मोदीजी का असीम प्रेम झलकता है, उनकी यात्राओं में और भाषणों में भी। असंख्य श्रद्धालु आते हैं, सबका रिकॉर्ड रखना कहाँ संभव हो पाता है। जिस कारण आश्रम संचालक दोहराते हैं कि हमारे पास कोई साक्ष्य तो मौजूद नहीं, लेकिन प्रधानमंत्री मोदी पिथौरागढ़ के कैलाश आश्रम को लेकर अपने सुनहरे अनुभवों को अपने भाषणों में व्यक्त करते रहे हैं।

नारायण आश्रम कैलाश मानसरोवर जानेवाले तीर्थयात्रियों के लिए महत्त्वपूर्ण पड़ाव है। भारत-चीन युद्ध के बाद शुरू में तो यात्रा पर प्रतिबंध लगा, लेकिन 1990 में यात्रा के दोबारा शुरू होने पर इसका मार्ग बदल दिया गया था। हालाँकि बाद में यात्रा वापसी के समय यात्री दल नारायण आश्रम से

होकर आने लगे। आश्रम में देश-दुनिया से यात्री-पर्यटक आते हैं। शांति और आध्यात्मिक खोज के उद्देश्य से आनेवाले इन तीर्थयात्रियों व पर्यटकों के लिए आश्रम में रहने की सब प्रकार की अच्छी व्यवस्था रहती है।

प्रधानमंत्री ने मन की बात में धारचूला के रंन समाज का जिक्र किया। अपनी बोली-भाषा को बचाने के लिए रंन समाज के प्रयासों की प्रधानमंत्री ने तारीफ की और इसे पूरी दुनिया को राह दिखानेवाली पहल बताया। प्रधानमंत्री नरेंद्र मोदी ने मन की बात में धारचूला में आने-जाने के दौरान रुकने की बात का जिक्र किया। चीन और नेपाल सीमा पर उच्च और उच्च-मध्य हिमालय की दारमा, व्यास और चैदांस घाटियों के मूल निवासियों को रंन कहा जाता है। सरकारी तौर पर इन्हें भोटिया भी कहा जाता है। सबसे बड़ी विशेषता यह है कि इस समुदाय के लोग देश-विदेश में कहीं भी रहें, लेकिन अपने लोकजीवन और बोली से जुड़े रहते हैं। रं भाषा चीनी, तिब्बती और नेपाली भाषा से पूरी तरह भिन्न है। रंन कल्याण संस्था के धारचूला इकाई के अध्यक्ष कृष्णा गर्ब्याल का कहना है कि यह हमारे पूर्वजों की दूरदृष्टि और अपनी संस्कृति के प्रति समर्पण ही था कि विभिन्न प्रकार के संस्कारों, विवाह आदि में रंन भाषा का प्रयोग आवश्यक कर दिया। इसी कारण रगलो को जानना नई पीढ़ी के लिए भी आवश्यक है।

प्रधानमंत्री नरेंद्र मोदी ने पिथौरागढ़ जिले के नारायण आश्रम, रामकृष्ण कुटीर अल्मोड़ा, केदारनाथ स्थित गरुड़चट्टी और दयानंद आश्रम ऋषिकेश से जुड़े कई संस्मरण लेखक के साथ साझा किए। पिथौरागढ़ की नारायण गुफा में अध्यात्म और साधना का ऐसा दिव्य वातावरण विद्यमान रहता था, जो स्वत: ही किसी गृहस्थ को भी सबकुछ छोड़कर ध्यान लगाने और धूनी रमाने के लिए प्रेरित करनेवाला प्रतीत होता था। प्रकृति के समस्त मनोहारी आभूषणों से सुसज्जित नारायण गुफा के अंदर साधक के मन में विशेष भावों का संचार होता है, मानो ब्रह्म का साक्षात्कार हो रहा हो। साधना के लिए रस्सी के सहारे नीचे उतरना पड़ता है और साधना के उपरांत गुफा से बाहर

आने के लिए घंटी बजानी होती है। नारायण गुफा के आंतरिक स्वरूप में तो अलौकिक अनुभूति होती ही है, बाह्य रूपाकार में भी परमात्मा और प्रकृति ने मानो इस साधना स्थली को दिव्य रूप प्रदान किया है। इस क्षेत्र में प्रवेश करते ही सांसारिक व्यक्तियों के समस्त मनोविकार स्वत: नष्ट हो जाते हैं।

पिथौरागढ़ से नारायण आश्रम की दूरी 116 किलोमीटर है। यह आश्रम चैदांस घाटी में है। नारायण आश्रम के संस्थापक नारायण स्वामी का जन्म सन् 1911 में कर्नाटक के एक संभ्रांत परिवार में हुआ था। इन्होंने कराची से सिविल इंजीनियरिंग की पढ़ाई की थी। जब नारायण स्वामी कैलाश मानसरोवर की यात्रा पर आए, तो उन्होंने इस क्षेत्र में शिक्षा व स्वास्थ्य सुविधाओं का अभाव और ईसाई धर्म का प्रचार-प्रसार बढ़ता देख यहाँ आश्रम स्थापित करने का प्रण लिया। आश्रम के मैनेजर के.एस. राणा का कहना है कि नारायण आश्रम शिक्षा और स्वास्थ्य के क्षेत्र में भी लगातार कार्य कर रहा है। साथ ही आपदा के दौरान प्रभावितों की मदद के लिए भी लगातार काम हो रहा है।

नारायण आश्रम के प्रति प्रधानमंत्री की आस्था और विश्वास तथा निरंतर

यहाँ की चर्चा से भी इस पावन स्थल की ओर देश–विदेश के लाखों श्रद्धालु और पर्यटक आकर्षित हो रहे हैं।

किशोर मन ने जो कुछ सोचा—गुना, उसका प्रतिफल उन्हें अवश्य मिला। युवावस्था में एक समय ऐसा था कि अपनी धार्मिक भावनाओं को लेकर नरेंद्र स्वयं को केदारनाथजी को अर्पित कर चुके थे, केदारनाथ धाम के पुरोहित श्रीनिवास पोस्ती को दशकों पुरानी नरेंद्र की स्वयं को बाबा केदार को समर्पित करने की वह भीष्म प्रतिज्ञा आज तक याद है। साधु बनने की जिद में

केदारनाथ के लिए घर से निकले नरेंद्र इस परम धाम से तीन किलोमीटर दूर 'गरुड़चट्टी' नामक स्थल पर गुजरात के एक महाराज श्री रामानंदजी के साथ रहते थे, उस आश्रम का नाम 'रामानंद आश्रम' था। आश्रम के तमाम संतों का यह परंपरागत नियम है कि वह बिना जूतों के केदार यात्रा के लिए निकलते हैं और बाबा केदार का वंदन, पूजन, अभिषेक और मंदिर की परिक्रमा करके वापस चले आते हैं। पुरानी स्मृतियों में खोते हुए पुरोहित श्रीनिवास कहते हैं कि उस कालखंड में दक्षिण भारत, महाराष्ट्र और गुजरात के तमाम क्षेत्रों से बड़ी संख्या में श्रद्धालु लोग मेरे पास आया करते थे, बैठते थे, धर्म की तमाम चर्चा होती थी। एक अलग बात यह थी कि गुजरात के संत निरंतर आते थे, विशेष चर्चा न केवल आध्यात्मिक विषय की ही करते थे, बल्कि मंदिर की व्यवस्था और सुविधा आदि के विषय में रुचि ले-लेकर पूछते थे, आज वे सब सूत्र जोड़ता हूँ तो ध्यान आता है, लेकिन हमें उस समय क्या मालूम था कि ऐसे व्यक्तित्व हमारे बीच में हैं, जो बाबा केदार के परम उपासक होने के साथ देश और समाज के लिए एक बड़ी भूमिका निभाने वाले व्यक्ति सिद्ध होंगे। उस समय हम उनको जान नहीं सके। वे यहाँ पर लगभग डेढ़ महीने

तक रहे और भगवान् ने उन्हें कहा कि देशवासियों को आपकी जरूरत है, आप देश की सेवा में चले जाइए, वास्तव में अब लगता है कि बाबा केदार ने ही मानो अपने परम उपासक नरेंद्र को इतना बड़ा दायित्व प्रदान कर अपना आशीर्वाद दिया हो।

पुरानी यादों पर गर्व महसूस करते हुए पुरोहित कहते हैं कि वही युवा नरेंद्र बाद में राष्ट्रीय स्वयंसेवक संघ को अपना जीवन समर्पित करने के बाद निरंतर बाबा के दर्शनों के लिए आते रहे, चाहे गुजरात जैसे समृद्ध राज्य के लोकप्रिय मुख्यमंत्री के तौर पर अथवा देश के यशस्वी प्रधानमंत्री के रूप में भी नरेंद्र मोदी केदार आते रहे। अपने बाबा के दरबार में स्वयं को और अधिक शक्ति व आत्मविश्वास दिलाने के लिए वे बाबा से निरंतर प्रार्थना भी करते हैं और अपनी तरह बाबा के करोड़ों भक्तों व श्रद्धालुओं के लिए उनके दर्शन का मार्ग सहज, सरल बनाने की पुरजोर कोशिश में लगे हुए हैं।

एक और संस्मरण याद करते हुए पुरोहित श्रीनिवास कहते हैं—संघ प्रचारक नरेंद्र मोदी अपने बाबा के दर्शनों के लिए केदारनाथ आते रहे हैं, एक बार उनके साथ एक सहयोगी या सखा अग्रवालजी भी थे, उन्होंने कहा कि हमारी पूजा करवा दीजिए, व्यस्तता के चलते मैं उन लोगों की पूजा के लिए समय नहीं निकाल पाया और मैंने किसी दूसरे अर्चक को पूजा करवाने के लिए भेज दिया कि जाओ इनकी पूजा कर दो। विचित्र संयोग देखिए कि वही परम शिवभक्त और भारतमाता के लिए समर्पित व्यक्तित्व जब देश के प्रधानमंत्री के रूप में पहली बार श्री केदारनाथ धाम पहुँचे तो मेरे स्मृति पटल पर अतीत की सारी बातें याद आ गईं, भगवान् की कृपा से मुझे मोदीजी से मिलने का पास मिल चुका था। मैं मंदिर के अंदर पहली बार मोदीजी को मिला और मैंने उनको कहा, 'मुझे बड़ी प्रसन्नता है कि एक शिवभक्त आज हमारे बीच में प्रधानमंत्री के रूप में पधारा है।' वे इस बात से बहुत प्रसन्न हुए। मैंने उनकी पूजा-अर्चना संपन्न करवाई और उन्होंने उसके बाद मंदिर की परिक्रमा की। अपने भाषण में भी बाबा के परमप्रिय हमारे प्रधानमंत्री नरेंद्र

मोदीजी ने मेरा भी उल्लेख किया, मैं उनकी उदारता और विशाल हृदयता को शब्दों में वर्णित नहीं कर सकता।

मुझे सबसे बड़ी प्रसन्नता है कि इस देश का प्रधानमंत्री, मैं जो एक बहुत छोटा सा आदमी हूँ, लेकिन मुझ जैसे व्यक्ति पर उनकी जो नजर रही तो सारे मीडिया के लोग मेरे पास पहुँच गए और कहने लगे कि आप ही हैं उनके मित्र, तो मैंने कहा, हाँ मैं ही हूँ उनका मित्र। तो ऐसा जो व्यक्ति है, जो छोटे से आदमी को पहचानने की उनके अंदर क्षमता है और हम उनको नहीं पहचान सके या नहीं पहचान पाते। तो यह हमारे लिए अच्छा नहीं है, देशवासियों के लिए अच्छा नहीं है तो उनकी इन तमाम बातों ने मुझे काफी प्रभावित किया।

वे नंगे पाँव केदारनाथ आया करते थे और गंगाजल भरकर मंदिर के अंदर अभिषेक करते तथा मंदिर की परिक्रमा करते थे। यदा-कदा संत लोग हमारे पास बैठा करते थे और वह अपनी गरुड़चट्टी में चले जाया करते

थे तथा वहाँ पर सारे दिन साधना करना और फिर अपनी नित्य की भाँति केदारनाथजी में आ जाना तो मुझे यह प्रसन्नता है कि केदारनाथ में रहनेवाला एक तपस्वी, जो कि रोज पैदल चलता था और आज भी उनकी इच्छा थी कि मैं वहाँ तक पहुँचूँ, लेकिन कुछ समय की कमी के कारण वह नहीं पहुँच पाए तो मैं उनसे निवेदन करूँगा कि वह एक बार जरूर अपनी तपस्थली गरुड़चट्टी में आएँ।

सबसे बड़ी बात यह है कि आज पूरे विश्व में यह संदेश पहुँच चुका है कि मोदीजी के कुशल नेतृत्व में भारत एक नई ऊँचाई को छू रहा है।

गरुड़चट्टी गुफा में रहनेवाले साधु मुनिराज हिमालय ऋषि ने बताया कि प्रधानमंत्री नरेंद्र मोदी यहाँ युवावस्था में आए थे और लगभग 6 महीने तक तपस्या की। उसके बाद उन्होंने ऋषिकेश व अन्य जगहों पर तपस्या की और उसके बाद वे राष्ट्रीय स्वयंसेवक संघ से जुड़ गए।

श्रीनिवास आगे कहते हैं कि जब मोदीजी पिछले साल केदारनाथ में आए थे तो बताया था कि उन्होंने गरुड़चट्टी में 6 महीने तपस्या की थी। साधु मुनिराज ने कहा कि मोदीजी की छत्रछाया में केदारनाथ में जो पुनर्निर्माण का काम हो रहा है, वह बहुत ही सराहनीय है। उन्होंने कहा कि केदारनाथ से गरुड़चट्टी तक जो रास्ता बनाया गया है, यह सब मोदीजी की कृपा से हो पाया है। इन वर्षों में केदारनाथ में जो भी पुनर्निर्माण का काम हुआ है, उसको पूरा करने में मोदीजी का बड़ा योगदान रहा है। केदारनाथ यात्रा के समय गरुड़चट्टी के आश्रम में 50 से 100 साधु रोज आते हैं और उन साधुओं के लिए आश्रम की ओर से खाने-पीने तथा रहने की व्यवस्था की जाती है। शीतकाल में साधना के लिए यहाँ पर चार-पाँच संत रहते हैं। यह आश्रम स्वामी श्री रामानंद संत श्री आश्रम के नाम से जाना जाता है। केदारनाथ धाम के नजदीक यह आश्रम 1970 से ही संतों के लिए खुला हुआ है।

केदार धाम अथवा चार धामों के लिए नरेंद्र का विश्राम स्थल अथवा प्रेरणा केंद्र या गुरुघर कहा जाए, तो ज्यादा ठीक रहेगा, वह ऋषिकेश ही था,

गंगा के तट पर बसा ऋषिकेश अध्यात्म और योग की नगरी है, पहाड़ों से उतरकर गंगा यहाँ शांत स्वभाव से मैदान का रुख करती है, इसके तट पर कई आश्रम और मंदिर बसे हुए हैं। ऋषिकेश शीशमझाड़ी में स्थित दयानंद आश्रम से नरेंद्र का गहरा नाता था, यहीं से वे देवभूमि के पावन धामों के लिए अलग-अलग मार्गों से निकले होंगे। ऋषिकेश से निकलकर एक ओर जहाँ देवप्रयाग, श्रीनगर से रुद्रप्रयाग और बदरीधाम का मार्ग है, वहीं चंबा से घनसाली और वहाँ से भी एक मार्ग तिलवाड़ा की ओर दूसरा बालगंगा घाटी के सेंदुल केमर से होता हुआ बूढ़ाकेदार, तो उसके समानांतर दूसरा मार्ग रानीगढ़ सिद्धपीठ से इंद्रमणि बडोनी की कर्मस्थली भिलंगना घाटी से घुत्तू काली कमली धर्मशाला श्री रघुनाथ मंदिर होते हुए एक ओर देवलंग गंगी-विरोद होते हुए सहस्त्रताल व खतलिंग निकलता है, तो दूसरी ओर केदारनाथ

का सैकड़ों वर्ष पुराना छहफुटा मार्ग घुत्तू-पंवाली है, जिसमें असंख्य साधु-संन्यासियों की टोली घुत्तू में रानीडांग के रास्ते ऋषिधार होती हुई माट्या बुग्याल पंवाली से त्रियुगीनारायण, कर्णप्रयाग व केदारनाथ तक जाती हुई देखी जा सकती है।

हिमालय और इसके प्रसिद्ध सिद्धपीठों के प्रति जो प्रेम रहा, वह निश्चित रूप से नरेंद्र को एक-एक गाँव और एक-एक घाटी तथा प्रत्येक सिद्धपीठ की ओर आकर्षित करके ले गया होगा। बताते हैं कि नरेंद्र मोदी बाद में संघ प्रचारक के नाते 1981 से दयानंद आश्रम से जुड़े, यहाँ उन्होंने वेदोपनिषद् व अध्यात्म की शिक्षा ग्रहण की, ऋषिकेश की शीशमझाड़ी में स्थित दयानंद आश्रम के प्रमुख स्वामी दयानंद नरेंद्र मोदी के आध्यात्मिक गुरु रहे हैं। स्वामीजी के प्रति युवा नरेंद्र से लेकर प्रचारक अथवा गुजरात के मुख्यमंत्री बनने के बाद भी नरेंद्र मोदी की उतनी ही श्रद्धा रही, और तो और, जब मोदीजी प्रधानमंत्री बन गए, तब भी वे अपने गुरु के दर्शन करने और उनका हाल-चाल जानने के लिए आते रहे, गुरु की बीमारी की खबर मिलते ही वे

उनसे मिलने 11 सितंबर, 2018 को ऋषिकेश के दयानंद आश्रम पहुँचे। 23 सितंबर की रात करीब 10:20 पर स्वामीजी ने अंतिम साँस ली। स्वामीजी अंतिम समय में गंगा किनारे अपने आश्रम में ही समय व्यतीत करना चाहते थे और उनकी इच्छा पूरी भी हुई। एक श्रेष्ठ साधक और आध्यात्मिक व्यक्तित्व स्वामी दयानंदजी का तेजस्वितापूर्ण प्रभाव युवा मन पर ऐसा पड़ा कि हर भूमिका में शीर्ष पर पहुँचने के बाद भी एक प्रतापी शिष्य का अपने गुरु के प्रति विश्वास और आकर्षण कम नहीं हुआ, उनका नरेंद्र मोदी के जीवन पर गहरा प्रभाव है। निश्चित रूप से एक युवा शिष्य को गढ़कर मोदीजी को प्रधानमंत्री के पद तक पहुँचाने में स्वामी दयानंदजी की प्रभावी भूमिका से कोई भी इनकार नहीं करेगा।

11 सितंबर, 2015 को प्रधानमंत्री बनने के बाद अपने गुरु के स्वास्थ्य खराब होने की सूचना मिलने पर नरेंद्र मोदी ऋषिकेश के गंगा तट पर बने अपने गुरु के आश्रम पहुँचे, गुरु-शिष्य का यह मिलन अद्भुत था, जब देश का प्रधानमंत्री एक शिष्य के रूप में आश्रम में आया और भाव-विभोर हो गया। आश्रम के स्वामी आचार्य शांतानंद बताते हैं कि प्रधानमंत्री नरेंद्र मोदी का ऋषिकेश के स्वामी संत दयानंद सरस्वती से गहरा जुड़ाव रहा है। सन् 1962 में ऋषिकेश में स्वामीजी ने आश्रम का निर्माण किया, अपने प्रचारक जीवन में मोदी जब ऋषिकेश आए और 1981 में स्वामी से जुड़ गए, तब से स्वामीजी के मार्गदर्शन में उन्होंने सेवा-स्वच्छता को अपने जीवन में आत्मसात् किया और प्रधानमंत्री बनने के बाद मोदी अपने गुरु से मिलने ऋषिकेश पहुँचे। यहाँ ऋषिकेश के आश्रम में मोदी ने अपने गुरु के सान्निध्य में लगभग 40 मिनट बिताए, वास्तव में एक आध्यात्मिक नगरी होने के नाते नरेंद्र मोदी की ऋषिकेश से एक विशेष आत्मीयता रही है, उस लगाव और जुड़ाव को युवा और प्रचारक नरेंद्र के साथ साक्षात् बहुतों ने देखा होगा, लेकिन प्रधानमंत्री रूप में दयानंद आश्रम में गुरु के साथ आत्मीय मिलन तो इस बात की पुष्टि करता ही है कि दोनों में तो अनन्य संबंध रहा ही, इसके चलते नरेंद्र मोदी

का देवभूमि उत्तराखंड के प्रति भी विशेष आत्मीय भाव पुष्ट होता है। वरिष्ठ पत्रकार विक्रम सिंह बताते हैं कि नरेंद्र मोदी गुजरात के मुख्यमंत्री बनने से पहले स्वर्ग आश्रम में भाजपा की समन्वय बैठक में भी ऋषिकेश आए थे। जब वे गुजरात के मुख्यमंत्री थे, तब उन्होंने गुरु स्वामी दयानंद को गांधीनगर बुलाकर उनका स्वागत किया था। स्वामी दयानंद सरस्वती की सबसे बड़ी खूबी यह थी कि वे वेदांत के जरिए आज की समस्याओं का भी निदान निकालने में सक्षम थे। इसके चलते एक तरफ वे परंपराओं की डोर थामे रहे, तो वहीं आधुनिकता भी उनके विचारों को महकाती रही। यही वजह है कि मोदीजी के जीवन पर स्वामी दयानंद का गहरा प्रभाव है।

वास्तव में आध्यात्मिक जगत् में स्वामी दयानंदजी की कीर्ति उत्तर भारत से लेकर दक्षिण भारत तक व्यापक रूप में फैली हुई थी। ऋषिकेश स्वामीजी की आध्यात्मिक कर्मस्थली रही। वे मूलत: दक्षिण भारत से संबंध रखते थे··· देश के सुदूर तमिलनाडु में स्थित तिरुवरर जिले के मंजाकुटी गाँव में गोपाला अय्यर और बाल अंबाल अय्यर के घर 15 अगस्त, 1930 को स्वामी दयानंद

सरस्वती गिरी ने जन्म लिया। माता-पिता ने अपनी इस दूसरी संतान का नाम जी. नटराजन रखा। स्वामी दयानंद का बचपन से ही अध्यात्म की ओर झुकाव था। दिव्य जीवन संघ के संस्थापक डॉ. शिवानंद सरस्वती के शिष्य स्वामी चिन्मयानंद सरस्वती से उन्होंने 1962 में शिवरात्रि के दिन चेन्नई में दीक्षा लेकर संन्यास ग्रहण किया। इसके बाद वे 'स्वामी दयानंद सरस्वती' कहलाए। महामंडलेश्वर के पद से विभूषित स्वामी दयानंदजी ने ऋषिकेश, अमेरिका, तमिलनाडु और नागपुर में चार शिक्षण केंद्रों की स्थापना की। इनमें वेदांत, उपनिषद्, गीता, ब्रह्मसूत्र का ज्ञान दिया जाता है। पूर्व राष्ट्रपति आर. वेंकटरमन, मशहूर सिने अभिनेता रजनीकांत भी उनके अनुयायियों में शामिल हैं। पूर्व राष्ट्रपति भारतरत्न डॉ. ए.पी.जे. अब्दुल कलाम व पूर्व प्रधानमंत्री 'भारत रत्न' अटल बिहारी वाजपेयी भी स्वामीजी के व्यक्तित्व से काफी प्रभावित थे। राष्ट्रीय स्वयंसेवक संघ के पूर्व सरसंघचालक के.सी. सुदर्शन, वर्तमान सरसंघचालक डॉ. मोहन भागवत, विश्व हिंदू परिषद् के अंतरराष्ट्रीय अध्यक्ष अशोक सिंहल सहित कई बड़े नाम स्वामीजी के अनुयायियों की सूची में शामिल हैं।

यदि यह कहा जाए कि युवा नरेंद्र के हृदय में पर्वतराज हिमालय, देवभूमि उत्तराखंड और पतितपावनी गंगा के प्रति असीम श्रद्धा व आत्मीय भाव जगाने वाले परमतपस्वी मार्गदर्शक स्वामी दयानंदजी ही थे तो इसमें कोई अतिशयोक्ति नहीं होगी। किशोरावस्था से लेकर युवावस्था और आज देश का सबसे बड़ा दायित्व पाने के बाद भी बालक नरेंद्र के दो वर्ष हिमालय के सान्निध्य के उनके जीवन के लिए भी बहुत बड़ी प्रेरणा सिद्ध हुए हैं।

◆◆◆

अध्याय 

हठयोग से राजयोग

हठयोग से राजयोग

उद्यमेन हि सिध्यन्ति कार्याणि न मनोरथैः।
न हि सुप्तस्य सिंहस्य प्रविशन्ति मुखे मृगाः॥

(**अर्थात्**—दुनिया में कोई भी काम सिर्फ सोचने से पूरा नहीं होता, बल्कि कठिन परिश्रम से पूरा होता है। कभी भी सोते हुए शेर के मुँह में हिरण खुद नहीं आता।)

नरेंद्र मोदी एक बाल स्वयंसेवक होने के कारण कम उम्र में ही देश और समाज के साथ संगठन के गुर समझने में सिद्धहस्त हो चुके थे। छोटे-से-छोटा और बड़े-से-बड़ा कोई भी आयोजन उनके जिम्मे लगता, वे उसमें श्रेष्ठ परिणाम देने की गारंटी बन चुके थे। 1973 में पूर्णकालिक प्रचारक बनने के बाद इसी वर्ष उन्होंने संघ शिक्षा वर्ग का प्रथम वर्ष, 1975 में आपातकाल से पहले द्वितीय वर्ष कर लिया था, इसके बाद 1978 में तृतीय वर्ष किया। संघ शिक्षण के साथ वकील साहब ने नरेंद्र मोदी को शिक्षा बढ़ाने पर जोर दिया, जिसके चलते नरेंद्र मोदी ने दिल्ली विश्वविद्यालय से राजनीति शास्त्र में स्नातक की उपाधि प्राप्त की। बाद में 1978 में मोदी संघ के विभाग प्रचारक और दो साल बाद संभाग प्रचारक बन गए, 1981 में अहमदाबाद विभाग प्रचारक के साथ नरेंद्र मोदी को प्रांत सहयवस्था प्रमुख का दायित्व मिल गया। वकील साहब ने नरेंद्र मोदी को अहमदाबाद स्थित संघ के मुख्यालय से जोड़

दिया, ताकि संगठन उनके माध्यम से कम समय में ज्यादा विस्तार पा सके, इसी साल मोदीजी ने गुजरात विश्वविद्यालय से एम.ए. की उपाधि हासिल कर ली। जयप्रकाश नारायण के संपूर्ण क्रांति नारे से नरेंद्र मोदी बहुत प्रभावित थे, वे देश के दूसरे गांधी कहलानेवाले जे.पी. को देखने और उनसे मिलने के लिए उत्सुक भी रहे होंगे। समय आने पर नरेंद्र मोदी को इस करिश्माई नेता को न केवल देखने और उनसे मिलने का सौभाग्य मिला, बल्कि कांग्रेस द्वारा लगाए गए आपातकाल और गुजरात में जारी भ्रष्टाचार के खिलाफ मुखर आंदोलन की तैयारी पर कई बार बात करने और योजना बनाने का भी अवसर मिला। गुजरात में मोदी जैसे युवाओं के साथ अखिल भारतीय विद्यार्थी परिषद् के कार्यकर्ताओं द्वारा चलाए जा रहे राज्यव्यापी आंदोलन से जे.पी. इतने प्रभावित हुए कि इसी तरह का आंदोलन उन्होंने गुजरात से लौटकर बिहार में शुरू करवाया, जिसमें छात्र संघर्ष समिति के माध्यम से

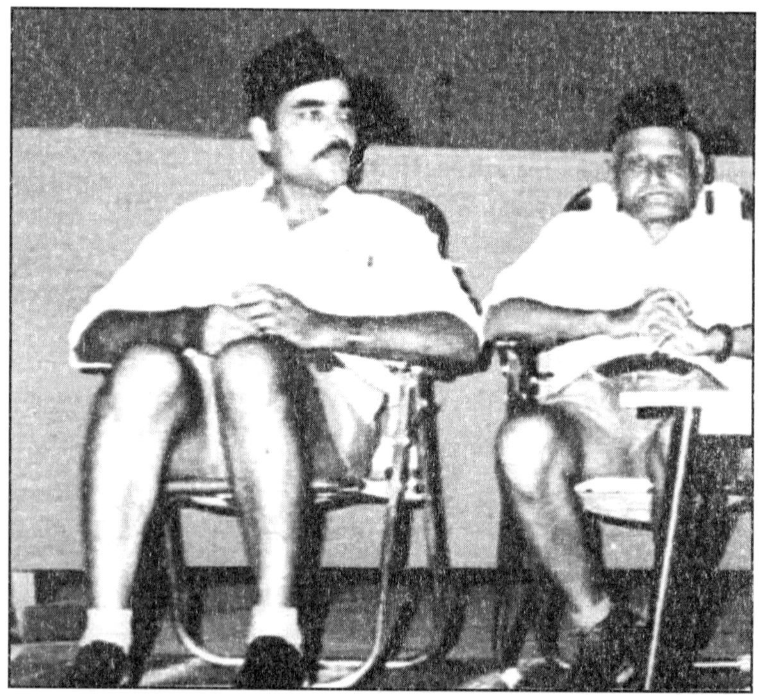

THE HINDU

India's National Newspaper

President Proclaims National Emergency

"Security of India Threatened by Internal Disturbances"

Preventive Arrests: Press Censorship Imposed

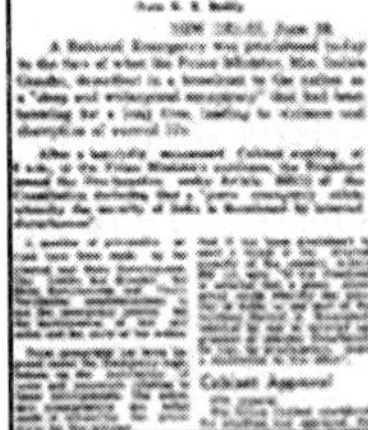

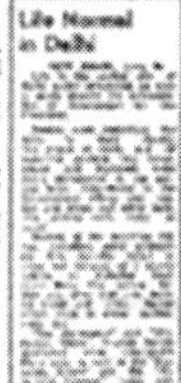

Life Normal in Delhi

PM Explains Action

विद्यार्थी परिषद् ने एक प्रभावी और अविस्मरणीय भूमिका निभाई। राष्ट्रीय स्वयंसेवक संघ और विद्यार्थी परिषद् ने जे.पी. की संपूर्ण क्रांति के अभियान में अपनी पूरी ऊर्जा लगाई, एक तो जे.पी. का व्यक्तित्व ही बहुत बड़ा था, दूसरा राष्ट्रीय स्वयंसेवक संघ के सरसंघचालक बालासाहब देवरस ने जे.पी. के विषय में कहा कि वे एक संत हैं, जो समाज को गहरे अँधेरे से बचाने के लिए आए हैं। स्वयं जयप्रकाश नारायण जनसंघ के बीसवें राष्ट्रीय सम्मेलन के सत्र में शामिल हुए थे, जहाँ उन्होंने यह ऐतिहासिक घोषणा की थी कि यदि राष्ट्रीय स्वयंसेवक संघ एक फासीवादी संगठन है तो मैं भी फासीवादी हूँ। इन सारे प्रसंगों ने मोदी के मन में जे.पी. के प्रति विद्यमान श्रद्धाभाव को और सुदृढ़ तथा प्रगाढ़ कर दिया।

इसी तरह कांग्रेस से अलग हुए कांग्रेस ओ के नेता मोरारजी देसाई ने एक बड़े आंदोलन का नेतृत्व करते हुए गुजरात विधानसभा के चुनाव की माँग उठाई। संघ, जनसंघ और विद्यार्थी परिषद् का इस आंदोलन को पूरा समर्थन

था और युवाओं एवं महिलाओं को बड़ी संख्या में आंदोलन से जोड़ने की जिम्मेदारी नरेंद्र मोदी के कंधों पर थी, जिसे उन्होंने बखूबी निभाया। कुछ दिन राष्ट्रपति शासन चलाने के बाद संघर्ष, विरोध और दबाव के बाद इंदिरा गांधी को गुजरात में विधानसभा चुनाव करवाने पड़े। इन चुनावों में मोरारजी की कांग्रेस और जनसंघ के बीच एक न्यूनतम साझा कार्यक्रम के तहत समझौता हुआ। 182 में से पहले 140 सीट पानेवाली कांग्रेस को अब 79, कांग्रेस ओ को 56 और जनसंघ को 18 सीटें मिलीं। और इस तरह गुजरात में नवगठित जनता मोर्चा ने पहली गैर-कांग्रेस सरकार का गठन किया। 18 जून, 1975, यानी आपातकाल से ठीक एक हफ्ते पहले बाबूभाई जसभाई पटेल गुजरात के मुख्यमंत्री बनाए गए।

1975 में देश में इंदिरा गांधी द्वारा लगाए गए आपातकाल के दौरान नरेंद्र मोदी ने आर.एस.एस. पुस्तिकाओं की गुप्त परिसंचरण की व्यवस्था की और भूमिगत रहते हुए आपातकाल और इंदिरा गांधी की जनविरोधी नीतियों के खिलाफ नरेंद्र मोदी ने बेजोड़ भूमिका निभाई, शासन के खिलाफ संगठित विरोध किया, जिससे गुजरात में तो आपातकाल के खिलाफ जनता में भारी आक्रोश फैला ही, मोदी की कुशल नेतृत्व क्षमता को भी एक विशेष पहचान

मिली। इस दौरान संघ की ओर से उनको भूमिगत रहकर अपने संगठन के शीर्ष नेताओं के साथ-साथ आपातकाल के खिलाफ लड़ने वाले प्रमुख विपक्षी नेताओं के साथ भी समन्वय की एक बड़ी जिम्मेदारी मिली। इस क्रम में वे लोकनायक जयप्रकाश नारायण, नानाजी देशमुख, मोरारजी देसाई और जॉर्ज फर्नांडिस समेत कई राष्ट्रीय नेताओं के संपर्क में आए और ये सभी मोदी की कार्यक्षमता, सूझबूझ और बुद्धिमत्ता के कायल हुए बिना नहीं रह पाए। वकील साहब के माध्यम से आपातकाल के बाद जनसंघ ने नरेंद्र मोदी को

अपने कई संगठन विस्तार के कार्यक्रमों की परोक्ष जिम्मेदारी दी, जिस पर वे पूरी तरह से खरे उतरे। इस दौरान दो जनसंघ के नेता—वसंत गजेंद्रगडकर और नाथलाल जाघदा, जिन्होंने बाद में गुजरात में भारतीय जनता पार्टी के गठन के बाद राज्य में संगठन प्रारंभ किया, उनकी नजरें बराबर मोदी पर टिकी रहीं, लेकिन शायद वे भी उचित समय की प्रतीक्षा कर रहे थे और संघ में कार्यकर्ता को दायित्व देने की जो परंपरा है, वे भी किसी ऐसे अवसर की तलाश में थे कि ऐसे सक्रिय, समर्पित और ऊर्जावान कार्यकर्ता को राजनीतिक क्षेत्र में जिम्मेदारी मिले तो राज्य में पार्टी संगठन प्राणवान हो सकता है।

नरेंद्र मोदी जैसे हीरे की परख करनेवाले जौहरी लक्ष्मण राव इनामदार, यानी वकील साहब को नरेंद्र मोदी में और ज्यादा संभावनाएँ दिखती थीं। वे उस शुभ घड़ी के इंतजार में थे, जब उनके खोजे रत्न की प्रतिभा, सूझबूझ और नेतृत्व क्षमता का लाभ उनके राज्य गुजरात को ही नहीं बल्कि समूचे देश को मिले और वे खुशी से फूले न समाएँ, लेकिन नियति को तो कुछ और ही मंजूर था। 15 जुलाई, 1985 को वकील साहब इस दुनिया से विदा

हो गए। 35 वर्ष के युवा नरेंद्र मोदी को एक सशक्त, प्रभावी, पुरुषार्थी और आत्मविश्वास से लबरेज कुछ भी करने में समर्थ ऊर्जावान नौजवान बनाकर। धीरे-धीरे समय गुजरा और 1987 में संघ ने अपने एक ओजस्वी, ऊर्जस्वी और कुशल संगठक कार्यकर्ता को भारतीय जनता पार्टी में काम करने के लिए मुक्त कर दिया, इसके बाद सामाजिक कार्यकर्ता, आध्यात्मिक व्यक्तित्व और एक समर्पित प्रचारक गुजरात राज्य में प्रभावी राजनेता के रूप में मैदान में उतर गए। पार्टी में प्रवेश करने के कुछ महीनों बाद ही मोदी ने भाजपा को राज्य की सबसे बड़ी अहमदाबाद नगरपालिका में प्रभावी विजय दिला दी। गुजरात में कांग्रेस शासन के खिलाफ 'न्याययात्रा' और 'फुटपाथ' संसद् का आयोजन कर नरेंद्र मोदी गुजरात के घर-घर, गाँव-गाँव तक पहुँचने में सफल हो गए। 1988 में कार्यक्षमता, समझदारी और नेतृत्व कौशल के धनी नरेंद्र मोदी को भारतीय जनता पार्टी की गुजरात इकाई में पार्टी महासचिव की जिम्मेदारी मिल गई। इसके बाद उन्होंने गुजरात में पूरे 5 महीने 5 चरणों में 'लोकशक्ति यात्रा' की, जिसके चलते वे गुजरात की जनता को भाजपा की ओर आकृष्ट करने में पूरी तरह सफल रहे,

गुजरात भारतीय जनता पार्टी में अपने शीर्ष नेताओं के साथ पार्टी के संगठन को मजबूत करते हुए गुजरात के गाँव-गाँव तक पार्टी का विस्तार किया।

राज्य के नगर निगम और पंचायत चुनावों में प्रभावी पहुँच बनाने के साथ पार्टी को विजय दिलाने का काम किया और पार्टी के केंद्रीय नेतृत्व के सामने अपनी क्षमता व नेतृत्व कौशल को प्रमाणित किया। इसके पश्चात् 1995 और 1998 के गुजरात विधानसभा चुनावों में पार्टी के लिए सफल व प्रभावी रणनीति बनाने के साथ लाजवाब प्रचार अभियान में महत्त्वपूर्ण भूमिका निभाई तथा पार्टी के एक प्रमुख रणनीतिकार व जनता के साथ निरंतर संवाद करनेवाले ऐसे चेहरे के रूप में पहचाने गए, जिन्होंने भाजपा को गुजरात में सत्ताधारी पार्टी बना दिया। गुजरात देश की भी राजनीति का प्रमुख केंद्र रहा है और भाजपा के शीर्ष नेता लालकृष्ण आडवाणी गुजरात के गांधीनगर से ही लोकसभा का चुनाव लड़ते थे, जिसकी सारी जिम्मेदारी नरेंद्र मोदी के कंधों पर होती थी। इसी दौर में राम मंदिर आंदोलन को भाजपा ने एक जनांदोलन के रूप में पूरे देश में चलाया, जिसके माध्यम से पार्टी देश के लोगों को अपने से जोड़ना चाहती थी। राष्ट्रीय स्तर पर भारतीय जनता पार्टी के शीर्ष

नेता लालकृष्ण आडवाणी ने 25 सितंबर, 1990 को सोमनाथ से अयोध्या तक की ऐतिहासिक रथयात्रा की। सोमनाथ से मुंबई तक इस यात्रा की पूरी जिम्मेदारी नरेंद्र मोदी को ही सौंपी गई थी। संघ और जनसंघ के एक बड़े चेहरे रहे लौहपुरुष नाम से विख्यात लालकृष्ण आडवाणी राष्ट्रीय राजनीति में यहीं से चमके। पार्टी का व्यापक प्रचार-प्रसार हुआ और यात्रा के कुशल प्रबंधक नरेंद्र मोदी राष्ट्रीय नेताओं की गुडबुक में आ गए। इस यात्रा का सारा-का-सारा दारोमदार नरेंद्र मोदी के ऊपर था, इसलिए वे भाजपा के सबसे प्रभावी और ताकतवर नेताओं के भी प्रिय हो गए और राष्ट्रीय स्तर पर पार्टी का जो भी बड़ा अभियान चला, उसमें मोदीजी को विशेष भूमिका मिलने लगी। 1989 में केंद्र में भाजपा के समर्थन से वी.पी. सिंह के नेतृत्व में मिली-जुली सरकार बनी, जिसमें भाजपा की बढ़ती ताकत में मोदी की भूमिका को कमतर नहीं आँका जा सकता। इसी प्रकार 11 दिसंबर, 1991 को भारतीय जनता पार्टी के राष्ट्रीय अध्यक्ष डॉ. मुरली मनोहर जोशी ने कन्याकुमारी से 'एकता यात्रा' प्रारंभ की थी, जो 26 जनवरी, 1992 को आतंकवादियों की

धमकी के बावजूद जम्मू-कश्मीर के लाल चौक पर तिरंगा फहराने के साथ संपन्न हुई। डॉ. जोशी द्वारा प्रवर्तित इस एकता यात्रा की जिम्मेदारी कुशल संगठक व कार्य नियोजक नरेंद्र मोदी के सुदृढ़ कंधों पर आई, जिसे उन्होंने बखूबी निभाया। कन्याकुमारी (भारत का दक्षिणी छोर) से कश्मीर (उत्तरी छोर) तक पुरी और सोमनाथ से बिहार तक—भारतीय जनता पार्टी के इन दो बड़े अभियानों ने पार्टी की शक्ति में व्यापक विस्तार किया। माना जाता है कि इन दोनों कार्यक्रमों ने 1998 में भाजपा के सत्ता में आने की पृष्ठभूमि तैयार की। 1991 में पार्टी ने मोदी को राष्ट्रीय चुनाव समिति का सदस्य बना दिया, इसके बाद हुए गुजरात के लोकसभा चुनावों में पार्टी को पहली बार 26 में से 20 सीटें प्राप्त हुईं। पार्टी में केंद्रीय स्तर तक पहचान बना चुके समर्पित और सुयोग्य नेता को भारतीय जनता पार्टी ने 1995 में संयुक्त महासचिव के रूप में बहुत बड़ी भूमिका दे दी। मोदी को पार्टी ने विभिन्न राज्यों में पार्टी संगठन सुधारने की जिम्मेदारी दी। जम्मू-कश्मीर, हरियाणा और हिमाचल प्रदेश में भाजपा की शक्ति बढ़ाने में नरेंद्र मोदी की भूमिका बहुत ही प्रभावी रही, शीर्ष नेतृत्व की क्षमता पर खरे उतरे, जिन राज्यों में पार्टी का कोई नामलेवा नहीं

था, वहाँ पार्टी का संगठन और कार्यकर्ता निरंतर बढ़ने लगे। इन राज्यों में संगठन विस्तार के साथ मोदी ने अपने राज्य गुजरात में भी पार्टी को मजबूत करने के लिए कोई कसर बाकी नहीं रखी। इसी का परिणाम था कि गुजरात में पार्टी को विधानसभा चुनावों में 182 में से 121 सीटें प्राप्त हुईं और वरिष्ठ नेता केशुभाई पटेल को गुजरात का मुख्यमंत्री बनाया गया।

मोदी की संगठन क्षमता व नेतृत्व कौशल को देखते हुए पार्टी हाईकमान ने 1998 में नरेंद्र मोदी को पार्टी संगठन में महासचिव के रूप में पदोन्नत किया और अक्तूबर 2001 तक उन्होंने इस महत्त्वपूर्ण दायित्व को सँभाला। इस दौर में भाजपा लगातार कई राज्यों में सत्ता में आई, इनमें गुजरात भी था, जहाँ 1998 में हुए विधानसभा चुनावों के लिए दिल्ली से मोदी को विशेष तौर पर भेजा गया और वे सफल सिद्ध हुए, राज्य में पुनः केशुभाई पटेल के नेतृत्व में भाजपा सरकार का गठन हुआ। राज्यों के चुनाव जीतने के साथ ही भाजपा लोकसभा में भी दूसरे बड़े दल से बढ़ती हुई केंद्र में सत्ता के शिखर तक पहुँची।

समाज और राष्ट्र के निमित्त संघ कार्य के लिए समर्पित एक स्वयंसेवक जब देश के दूसरे सबसे बड़े राजनीतिक दल के संगठन की रीढ़ बन गया और प्रतिष्ठा, सम्मान व पहुँच में कोई कोर-कसर बाकी नहीं रही, उस दौर में भी नरेंद्र मोदी के अंदर विद्यमान आध्यात्मिक भाव व धार्मिक आस्था में कोई कमी नहीं दिखाई देती। दुनिया जानती है कि 1995 से 2001 तक जब मोदी दिल्ली में भाजपा संगठन में बहुत शक्तिशाली भूमिका में थे और उनकी कार्य व्यस्तता चरम पर थी, तब भी उन्होंने तिब्बत, मानसरोवर और कैलाश जैसे हिमालयी क्षेत्रों के लिए समय निकाला और वहाँ गए। दिल्ली में पार्टी संगठन के साथ-साथ अटलजी की सरकार के कई बड़े निर्णयों में नरेंद्र मोदी की भूमिका रही, अटलजी का मोदी पर बहुत भरोसा था। आगरा में जब अटल-मुशर्रफ वार्त्ता हुई तो सारी व्यवस्था के साथ मोदी को पार्टी और सरकार की ओर से वक्तव्य देने की जिम्मेदारी प्रवक्ता के रूप में दी गई, जिसे उन्होंने बखूबी निभाया।

अक्तूबर 2001 में गुजरात में तत्कालीन नेता और मुख्यमंत्री केशूभाई पटेल के स्थान पर भाजपा ने अपने केंद्रीय नेता नरेंद्र मोदी को पहली बार गुजरात राज्य के मुख्यमंत्री के रूप में उस स्थिति में भेजा, जब उनके पूर्ववर्ती केशुभाई पटेल ने उप-चुनाव में भाजपा की हार के बाद पद से इस्तीफा दे दिया था।

जन्मभूमि गुजरात में नरेंद्र मोदी राष्ट्रीय स्वयंसेवक संघ का दायित्व निर्वाह करने के बाद भाजपा संगठन और चुनावी प्रबंधन के अभिन्न हिस्सा और मुख्य चेहरा थे, अत: प्रदेश के सभी सुयोग्य, प्रतिभावान तथा समर्पित नेताओं एवं पार्टी कार्यकर्ताओं से उनका सीधा परिचय था। संघ के बाल स्वयंसेवक, 1983 से अखिल भारतीय विद्यार्थी परिषद् में सक्रिय और बाद में अहमदाबाद में भाजपा के नारायणपुर वार्ड से पोल एजेंट के रूप में राजनीतिक पारी शुरू करनेवाले अमित शाह से 1986 से ही नरेंद्र मोदी का परिचय था। एक ही वैचारिक अधिष्ठान और संगठन में विशेष समर्पण भाव, परिश्रम और नेतृत्व वाले गुण दिख ही जाते हैं—अमित शाह निरंतर मोदीजी

के मन में घर कर चुके होंगे। दूसरी ओर अपनी प्रतिभा, संगठन कौशल और निरंतर अथक परिश्रम से अमित शाह भाजपा में अपने दम पर 2002 तक तीन बार विधायक बन चुके थे। गुजरात में नरेंद्र मोदी के नेतृत्व वाली सरकार में अमित ृहमंत्री बने और ऐसा विश्वास अर्जित किया कि वे उनके सबसे योग्य, .अश्वस्त और सक्षम सेनापति सिद्ध हुए।

लगातार तीन बार गुजरात विधानसभा चुनाव जीतने और राज्य के मुख्यमं ी के रूप में सफल सिद्ध हुए नरेंद्र मोदी ने जनहित के जो कार्य किए और जो लोक-कल्याणकारी योजनाएँ बनाईं, वे सर्वविदित हैं। वे देश के नंबर एक मुर और विकास का पर्याय ही नहीं कहे गए, बल्कि राज्यरूप में 'वाइब्रेंट ुजरात राष्ट्रीय' अंतरराष्ट्रीय स्तर पर चर्चा का प्रमुख विषय बन गया।

आज भारत के सर्वाधिक लोकप्रिय और वैश्विक नेता के रूप में मान्य और चर्चित प्रधानमंत्री नरेंद्र मोदी का अप्रतिम व्यक्तित्व तो किसी से छिपा नहीं है ेकिन उनके सेनापति भारत के गृहमंत्री अमित शाह भी राष्ट्रीय स्तर पर एक भावी भूमिका में हैं। चाहे कश्मीर समस्या का समाधान हो, चाहे तीन तलाक प ोक या नागरिकता कानून हो—अमित शाह सफल गृहमंत्री सिद्ध हुए हैं। 2014 के लोकसभा चुनाव में मोदीजी के नेतृत्व में भाजपा की प्रचंड जीत से कर पार्टी के राष्ट्रीय अध्यक्ष के रूप में बेजोड़ पारी, फिर 2019 के लोक ा चुनावों में 'अबकी बार 300 पार' के नारे को सफल व सार्थक बनाने की बात हो मोदीजी और अमित शाह की जोड़ी एक और एक ग्यारह को सार्थक सिद्ध कर रही है।

◆◆◆

अध्याय 

माँ हीराबेन का लाड़ला नरेंद्र

माँ हीराबेन का लाड़ला नरेंद्र

मित्राणि धन धान्यानि प्रजानां सम्मतानिव।
जननी जन्मभूमिश्च स्वर्गादपि गरीयसी॥

(**अर्थात्**—मित्र, धन, धान्य आदि का संसार में बहुत अधिक सम्मान है, किंतु माता और मातृभूमि का स्थान स्वर्ग से भी ऊपर है।)

माता-पिता संतान की उत्पत्ति, उसके लालन-पालन और उसकी शिक्षा-दीक्षा से लेकर भरण-पोषण की व्यवस्था तक जो भूमिका निभाते हैं, उसका ऋण संतान सात जन्मों तक भी नहीं चुका सकती। भारतीय संस्कृति में माता को प्रथम गुरु मानने के साथ देवता की श्रेणी में सबसे आगे रखा जाता है। जन्म देनेवाली माँ से बड़ा पूज्य और वंदनीय कोई हो ही नहीं सकता। पिता और देवता की तुलना में संतान के लिए माँ की श्रेष्ठ और महत्त्वपूर्ण भूमिका है। माँ बच्चे को 9 माह तक गर्भ में रखने के साथ सभी प्रकार की देखभाल, उसकी सुरक्षा और उसको सुसंस्कारित करने के काम में निरंतर संलग्न रहती है। यह भी प्रकृति का अनोखा विधान है कि जहाँ बेटियाँ पिता से ज्यादा प्रभावित रहती हैं, वहीं लड़के माँ के साथ ज्यादा आत्मीयता और लगाव रखते हैं।

बालक नरेंद्र पिता दामोदरदास और माँ हीराबेन के सब प्रकार से प्रिय थे, पिता और बड़े भाई के साथ स्कूल के बाद चाय की दुकान पर सब प्रकार

से ग्राहकों की चिंता करते थे, फिर पुस्तकालय में किताबों में जमे रहते थे, लेकिन उसके बाद जो बहुत कम समय मिलता था, उसमें भी माँ हीराबेन के साथ लगातार हाथ बँटाते। माँ की परेशानियों और समस्याओं को नजदीक से देखकर जो संभव होता, उसके समाधान का प्रयास करते। चार बेटों और एक बिटिया की माँ को अपने इस लाल से विशेष लाड़ था। वह नरेंद्र की अन्य बच्चों से अलग दिनचर्या और स्वभाव से परेशान रहती थी। बेटे में बड़ों की जैसी सोच, समझ और वैसा करने का जुनून माँ को लगातार चिंतित करता था। कोई भी साधु-संत, ज्योतिषी या बाबा घर पर आते, तो माँ झट से नरेंद्र की जन्मपत्री निकालकर उत्सुकता से पूछती कि इन लक्षणों से क्या नरेंद्र की गृहस्थी बस पाएगी या जो मेरे इस विशेष बच्चे ने मन में ठानी है संन्यास की, कहीं वही तो साकार नहीं हो जाएगा, इस ऊहापोह में माँ हमेशा चिंतित और व्यथित रहती थी। 12 वर्ष की आयु से ही जिस किशोर के मन में घर त्यागकर हिमालय पर जाने की तीव्र इच्छा जाग गई हो, जो समझदार और परिपक्व लोगों की तरह धर्म-कर्म की चर्चा और यात्राओं के लिए लगातार उत्साहित रहता हो, उसके विषय में माँ का चिंतित होना तो वाजिब था ही। यह भी ईश्वर की कृपा रही होगी कि किशोर नरेंद्र के मन में आध्यात्मिकता का भाव

जाग्रत् कर दिया। केवल दुनियादारी, नौकरी-पानी और घर-गृहस्थी दिमाग में होती तो फिर व्यक्ति समाज, राष्ट्र और अपना सर्वस्व समर्पण करने का भाव कहाँ से जीवन में आता। हिमालय से लेकर बेलूर मठ अथवा अन्य धार्मिक व आध्यात्मिक केंद्रों में जहाँ भी नरेंद्र गए, जिस भी जगह गए, उनका लक्ष्य था—केवल विशेष ज्ञान की प्राप्ति और स्वाभाविक रूप से कम आयु में बेटे के यों घर छोड़कर जाने के बाद माँ का उसके प्रति वात्सल्य भाव और चिंता का बढ़ना आवश्यक ही था। इन सभी स्थितियों ने माँ-बेटे के रिश्ते को और प्रगाढ़ बनाया। दो साल तक हिमालय की कंदराओं में सत्संग कर जब बेटी बासंती ने भाई के लौटने की सुखद खबर माँ को सुनाई तो दुःखी और हताश माँ ने परमात्मा का आभार व्यक्त किया और आशा की कि ऐसी पुनरावृत्ति पुनः न हो।

माँ से जेब खर्चे मिलनेवाला प्रसंग मोदी अब भी नहीं भूले। वे बताते हैं कि उन्हें माँ से अब तक अधिकतम 11 रुपए मिले हैं। उन्हें तब हैरानी हुई,

जब एक बार जन्मदिन पर उनकी माँ ने उन्हें 5 हजार रुपए दिए। पी.एम. ने बताया कि माँ से 5 हजार रुपए पाकर वह हैरान थे। असल में उस दौरान चीन के राष्ट्रपति शी जिनफिंग भारत दौरे पर थे और वे अहमदाबाद में थे। जिस दिन चीन के राष्ट्रपति आए थे, मेरा जन्मदिन था, यह प्रोग्राम उन्होंने ही तय किया था, मुझे भी पता नहीं था, मैं सुबह माँ से मिलने गया, माँ ने मुझे 5 हजार रुपए दिए, मैं हैरान रह गया। उन दिनों कश्मीर में बाढ़ आई थी, माँ ने कहा कि ये पैसे कश्मीर के बाढ़ पीड़ितों के लिए हैं। इस प्रकार हीराबेन में जो एक संवेदना या यों कहें तीव्र संवेदना का ममत्वपूर्ण भाव था, वह प्रचुर मात्रा में दिखाई पड़ता है। ऐसे कई प्रसंग दिखाई पड़ते हैं, जिन पर स्वयं नरेंद्र मोदी समय-समय पर चर्चा करते रहे हैं। पति के साथ रहते और उनकी असामयिक मृत्यु के बाद अपने मासूम बच्चों का लालन-पालन करने के लिए हीराबेन ने जो संघर्ष, जो मेहनत की, वह अपनी जगह है, लेकिन इतने तनाव और दबाव के बाद भी बच्चों को उन्होंने इसका अहसास तक नहीं होने दिया। हीराबेन में एक ईश्वरीय शक्ति रही, जो उनकी दयालुता, आतिथ्य सत्कार, बच्चों को

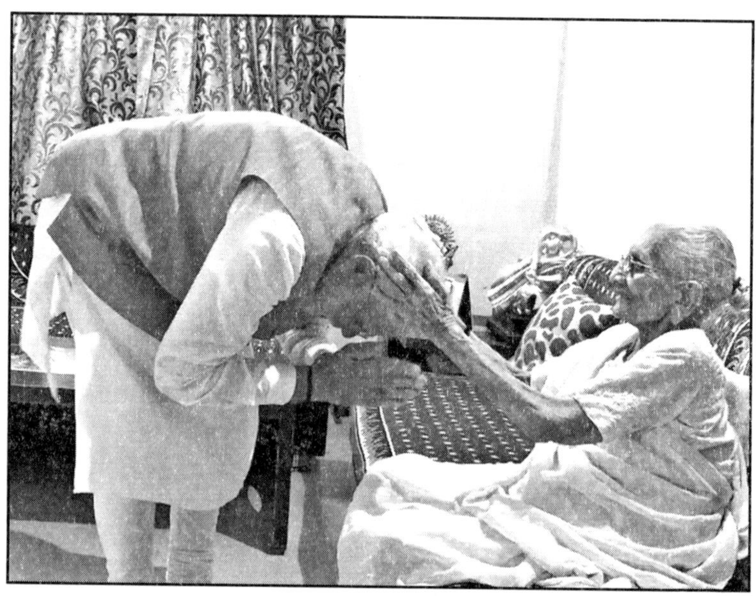

संस्कार देने के गुण में देखने को मिलती है। वे न तो किसी चीज के मिलने पर बहुत खुश होती थीं, न कुछ न मिलने या खो जाने पर ज्यादा दु:खी होती थीं। वह व्यवस्थित चित्त वाली भावुक माँ रहीं, जो परमात्मा पर विश्वास करती रहीं और साथ ही यह भरोसा भी उनका पुख्ता था कि यदि नरेंद्र बाल्यकाल से ही सामान्य बच्चों की तुलना में हर दृष्टि से विशेष रहे हैं तो परमात्मा ने उनके लिए भूमिका भी कोई बड़ी ही तय की होगी। इस पर प्रधानमंत्री नरेंद्र मोदी कहते हैं कि बहुत लोग पूछते हैं कि जब मैं पी.एम. बना तो मेरी माँ को कैसा लगा ? उस वक्त 'मोदी' नाम हवा में गूँज रहा था, मेरी तसवीरें छापी जा रही थीं, चारों तरफ खूब उत्साह था। लेकिन मैं सोचता हूँ कि मेरी माँ के लिए बड़ा पल वह था, जब मैं गुजरात का मुख्यमंत्री बना।

प्रधानमंत्री मोदी ने बताया कि वह उस वक्त दिल्ली में रहते थे, जब उन्हें पता लगा कि उन्हें गुजरात में बड़ा पद दिया जा रहा है। उस घटना को याद करते हुए पी.एम. मोदी ने कहा कि मुख्यमंत्री पद की शपथ लेने से पहले मैं

मेरी माँ से मिलने पहुँचा, जो मेरे भाई के साथ रहती थीं। अहमदाबाद पहुँचा तो चारों तरफ सेलिब्रेशन शुरू हो गया। मेरी माँ को पहले से पता लग गया था कि मैं राज्य का मुख्यमंत्री बनने जा रहा हूँ, 'जब मैं उनसे मिलने गया तो मेरी माँ ने मेरी ओर देखा और गले लगा लिया तथा मुझे कहा कि अच्छी चीज यह है कि अब तुम गुजरात वापस आ गए। यह एक माँ का स्वभाव है। उन्हें कोई मतलब नहीं होता कि उनके आसपास क्या हो रहा है। वह अपने बच्चों के करीब रहना चाहती है। इसके बाद उन्होंने मुझसे कहा—'देख भाई, मुझे नहीं पता कि तुम क्या करोगे, लेकिन मुझसे वादा करो कि तुम कभी भी रिश्वत नहीं लोगे, वह पाप कभी नहीं करोगे।' इन शब्दों ने मुझ पर काफी असर डाला और मैं बताता हूँ क्यों? एक महिला, जिसने अपना पूरा जीवन गरीबी में काटा है, जिसके पास भौतिक सुख-साधन नहीं है, उसने ऐसे मौके पर मुझे रिश्वत नहीं लेने के लिए कहा।

हिमालय से वापस आने के बाद मैंने जाना कि मेरी जिंदगी दूसरों की

सेवा के लिए है। लौटने के कुछ समय बाद ही मैं अहमदाबाद चला गया। मेरी जिंदगी अलग तरह की थी, मैं पहली बार किसी बड़े शहर में रह रहा था। वहाँ मैं मेरे अंकल की कैंटीन में कभी-कभी उनकी मदद करता था। आखिरकार मैं राष्ट्रीय स्वयंसेवक संघ का फुल टाइम प्रचारक बन गया। माँ हमेशा मेरे ही बारे में सोचती और चिंतित रहती थी।'

माँ हीराबेन अपने लाड़ले बेटे से आज 100 वर्ष की आयु में भी उतना ही दुलार करती हैं और यशस्वी सपूत नरेंद्र मोदी प्रधानमंत्री बनने के बाद भी माँ के आशीर्वाद के बिना कोई कार्य नहीं करते। प्रधानमंत्री की माँ आज भी अहमदाबाद में उनके छोटे भाई पंकज मोदी के मकान में रहती हैं, वही धार्मिक दिनचर्या, नित्य पूजन वंदन, गौ ग्रास देना और अपने अड़ोसी-पड़ोसियों की कुशलक्षेम की चिंता। जब पी.एम. गुजरात जाते हैं या मतदान करने या फिर से प्रधानमंत्री पद की शपथ लेने के बाद भी वे माँ का आशीर्वाद लेना नहीं भूलते। अपने बेटे को 2019 में दुबारा से प्रधानमंत्री के रूप में देश की सेवा के लिए प्रचंड जनादेश पाने पर गौरवमयी माँ हीराबेन की खुशी का ठिकाना

नहीं था। माँ हीराबेन ने पूरे हर्ष और उत्साह के साथ टी.वी. पर शपथ ग्रहण समारोह का प्रसारण देखा। पी.एम. मोदी के शपथ लेते ही वे भावुक हो गईं और तालियों के साथ उन्होंने अपनी खुशी जाहिर की। वास्तव में ऐसा अद्भुत और अपूर्व गौरव भी इन दोनों माँ-बेटे को प्राप्त है, जहाँ एक माँ को अपने बेटे को भारत का प्रधानमंत्री बनते हुए एक बार ही नहीं, दो बार ऐतिहासिक गौरव प्राप्त हुआ है। ठीक इसी तरह कोई ऐसा प्रधानमंत्री नहीं हुआ, जिसने पद पाते हुए अपनी माँ के स्नेह की भी छाया प्राप्त की हो।

प्रधानमंत्री बनने के बाद अत्यधिक कार्य व्यस्तता के चलते मोदीजी माँ को ज्यादा समय नहीं दे पाते, वे माँ को दिल्ली लाए, लेकिन यहाँ माँ का मन

नहीं लगा और वे अपने गाँव ही लौट गईं। माँ के साथ अपनी घनिष्ठता और साथ न रख पाने की विवशता पर एक साक्षात्कार में फिल्म अभिनेता अक्षय कुमार को पी.एम. मोदी ने बताया कि 'माँ का और मेरा घनिष्ठ आत्मीय संबंध है, घर छोड़ने से पहले भी, बाद में भी। इतने वर्ष अलग रहकर मुझे तो आदत सी हो गई थी, लेकिन मैंने फिर भी माँ को दिल्ली बुलाया। मैं कभी रात के 12 बजे आता तो वे चिंतित और दु:खी हो जातीं, जिंदगी पूरी बीत गई। अब वे किस से बात करतीं, वे स्वयं मुझे कहतीं, मेरे पीछे क्यों समय खराब करते हो, इस तरह माँ वापस चली गईं।'

वास्तव में समाज और देश के लिए सर्वस्व समर्पित कर विशेष भूमिका निभाने वाले मोदीजी के विराट् व्यक्तित्व की निर्मात्री, संस्कारदात्री और उनकी सारी सफलताओं की निर्मात्री माँ हीराबेन ही है, जो आज भी अपनी परंपरा और धरातल से जुड़े रहने के साथ देश में चर्चित हर सामयिक मुद्दे पर बेधड़क अपनी राय रखती हैं। नोटबंदी के दौरान आम जनता के साथ पंक्ति में लगकर बैंक से पैसे निकालना हीराबेन की उसी प्रतिबद्धता, जीवटता और

पुरुषार्थी प्रवृत्ति को बताता है, जो उनके पास संघर्ष के दिनों से ही विद्यमान है। परमात्मा माँ हीराबेन को स्वस्थ रखें और वे अपने यशस्वी प्रधानमंत्री बेटे की उत्तरोतर प्रगति की यों ही साक्षी बनी रहें।

ॐ असतो मा सद्गमय।
तमसो मा ज्योतिर्गमय।
मृत्योर्माऽमृतं गमय॥

(**अर्थात्**—हे ईश्वर (हमको) असत्य से सत्य की ओर ले चलो। अंधकार से प्रकाश की ओर ले चलो। मृत्यु से अमरता की ओर ले चलो।)